CB074893

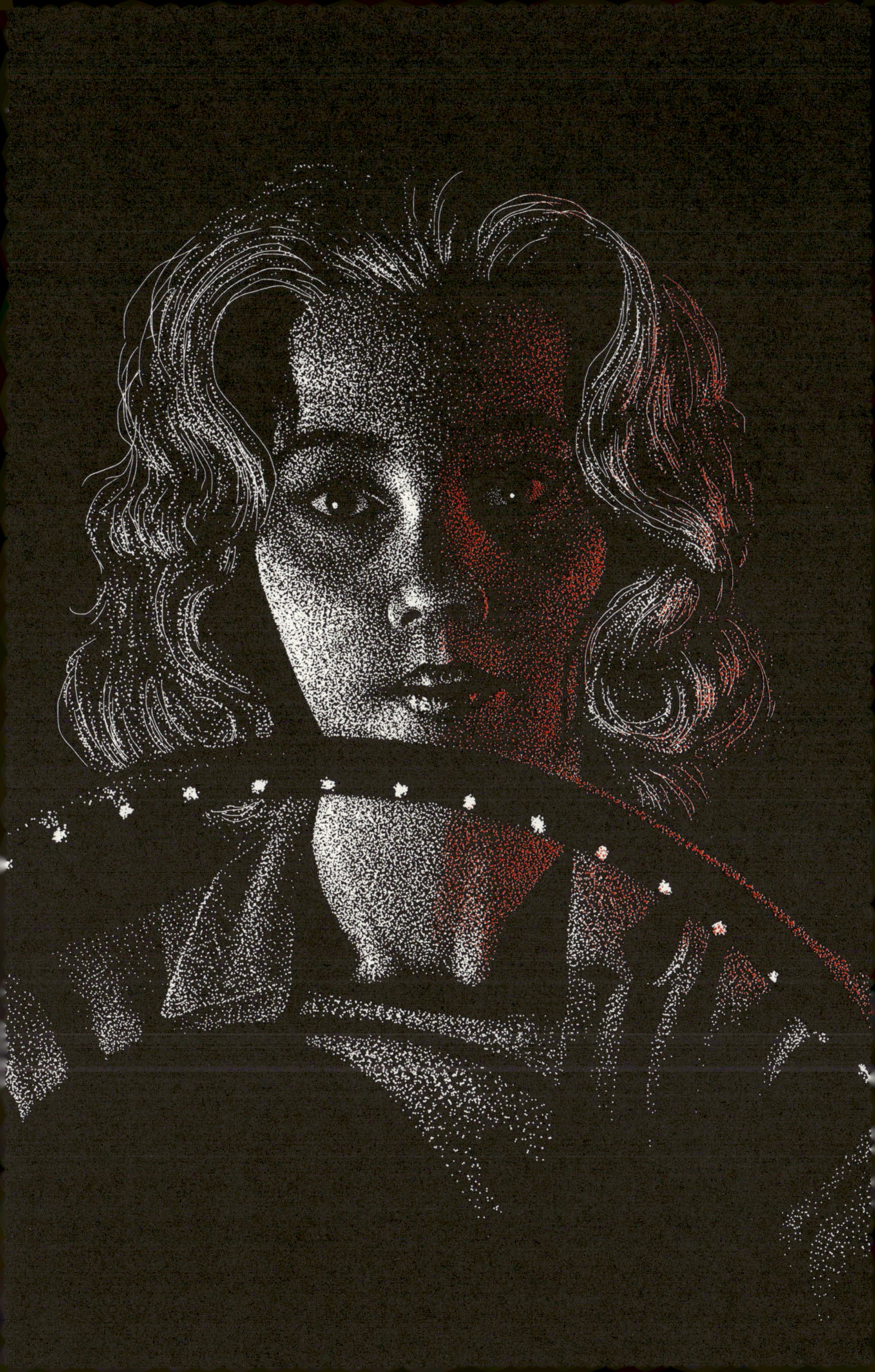

MACABRA VHS COLLECTION

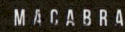

DADOS INTERNACIONAIS DE
CATALOGAÇÃO NA PUBLICAÇÃO (CIP)
Jéssica de Oliveira Molinari CRB-8/9852

Rausch, Andy
 O parque macabro / Andy Rausch; tradução de
Rebeca Benjamim; ilustrações de Vitor Willemann;
baseado no roteiro de John Clifford. — Rio de
Janeiro : DarkSide Books, 2025.
 176 p.

 ISBN: 978-65-5598-544-3
 Título original: Carnival of Souls

 1. Filmes de terror 2. Ficção norte-americana
 I. Título II. Benjamim, Rebeca III. Clifford, John

 25-0601   CDD 791.409

Índice para catálogo sistemático:
1. Filmes de terror

Impressão: Braspor

O PARQUE MACABRO
Carnival of Souls © 2020 by Andy J. Rausch
Posfácio © Macabra Filmes, 2025
Publicado mediante acordo com a Editions Faute de frappe
Todos os direitos reservados

Tradução para a língua portuguesa
© Rebeca Benjamim, 2025

Ilustrações de capa e miolo © Vitor Willemann, 2025

Alguns lugares nunca perecem, mas ficam ali, vazios, esperando que alguém os atravesse. Entre a ferrugem dos carrosséis e a poeira do tempo, ecos de passos ressoam sem corpo. O parque não chama, mas também não esquece. E quem passa por ele nunca volta sozinho.

Fazenda Macabra
Reverendo Menezes
Pastora Moritz
Coveiro Assis
Caseiro Moraes

Leitura Sagrada
Jessica Reinaldo
Karen Alvares
Solaine Chioro
Tinhoso & Ventura

Direção de Arte
Macabra

Coord. de Diagramação
Sergio Chaves

Colaboradores
Jefferson Cortinove
Vitor Willemann

A toda Família DarkSide

MACABRA DARKSIDE

Todos os direitos desta edição reservados à
DarkSide® Entretenimento Ltda. • darksidebooks.com
Macabra® Filmes Ltda. • macabra.tv

© 2025 MACABRA/ DARKSIDE

Dark‹‹Rewind

ANDY RAUSCH

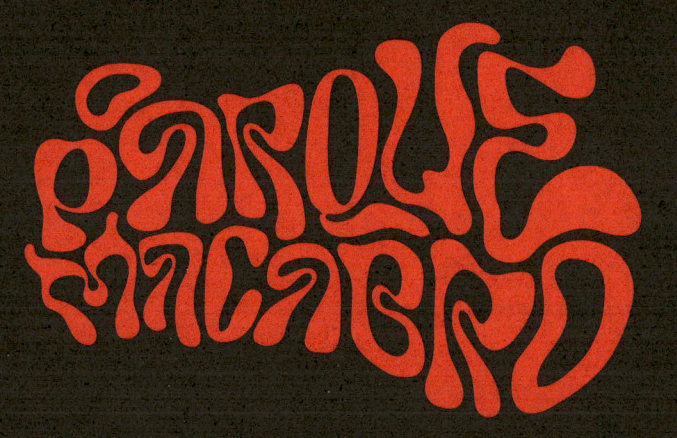

PARQUE MACABRO

baseado no roteiro de
JOHN CLIFFORD

Tradução
Rebeca Benjamim

Ilustrações
Vitor Willemann

MACABRA
DARKSIDE

Dedicado a John Clifford,
Herk Harvey e Charles E. Pratt Jr.

UM RECADO DA GERÊNCIA...

Essa novelização tem o objetivo de homenagear o filme original criado por John Clifford/Herk Harvey, de 1961. A narrativa aqui presente é em grande parte fiel ao filme. Algumas mudanças e acréscimos foram necessários ao adaptar a história para a mídia impressa, mas o autor tentou se manter fiel à essência do filme nesses casos.

Há um final alternativo disponível no desfecho da história para aqueles interessados em lê-lo. Para os que apenas desejam desfrutar da experiência do filme original, essa opção também está disponível no final.

Por favor, visite nossa lanchonete no saguão, onde encontrará pipoca amanteigada, todos os seus doces favoritos e uma saborosa Coca-Cola. Beba uma Coca-Cola bem gelada em nossa barraca de bebidas agora mesmo!

O espetáculo irá começar em cinco minutos...

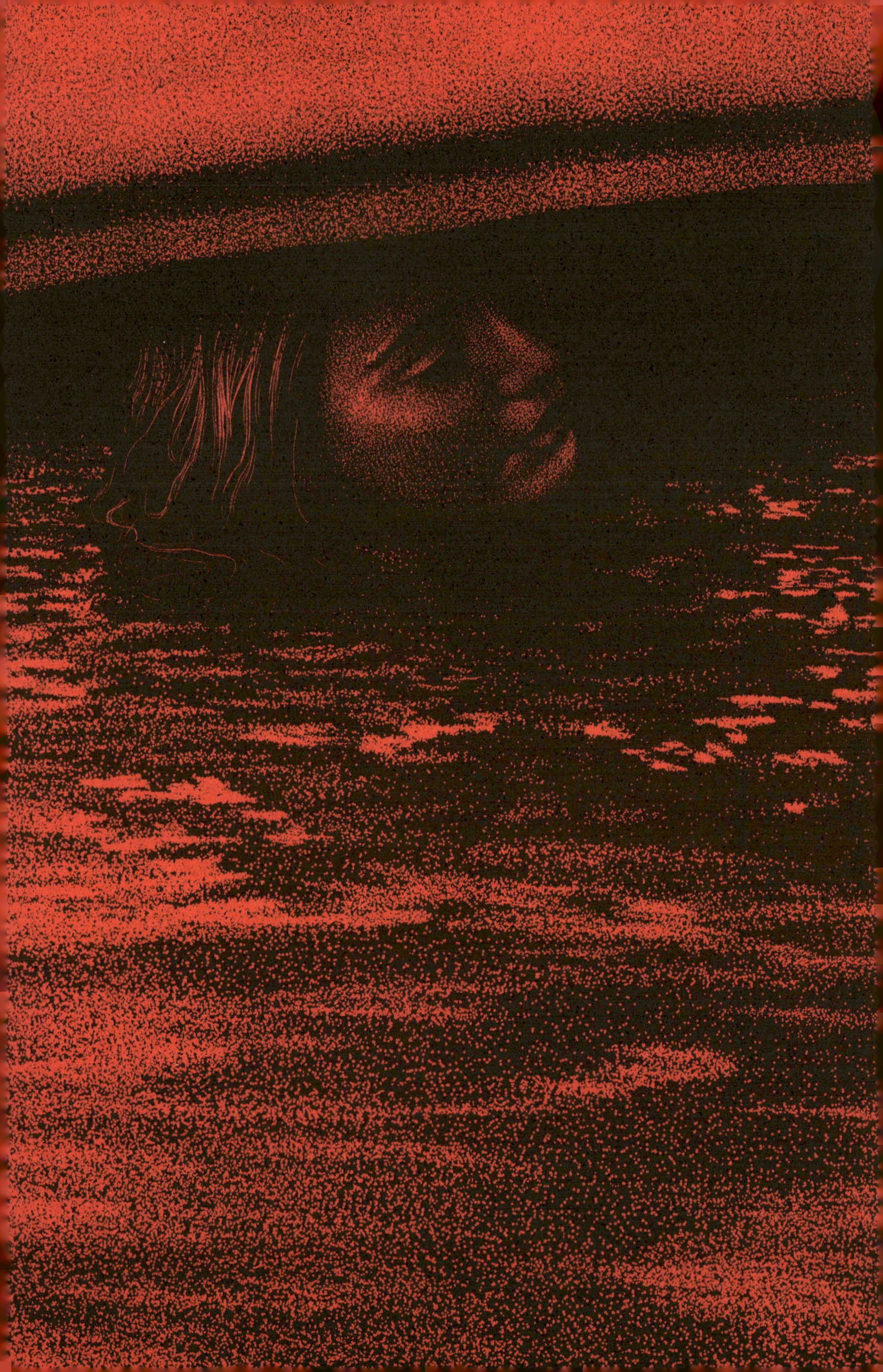

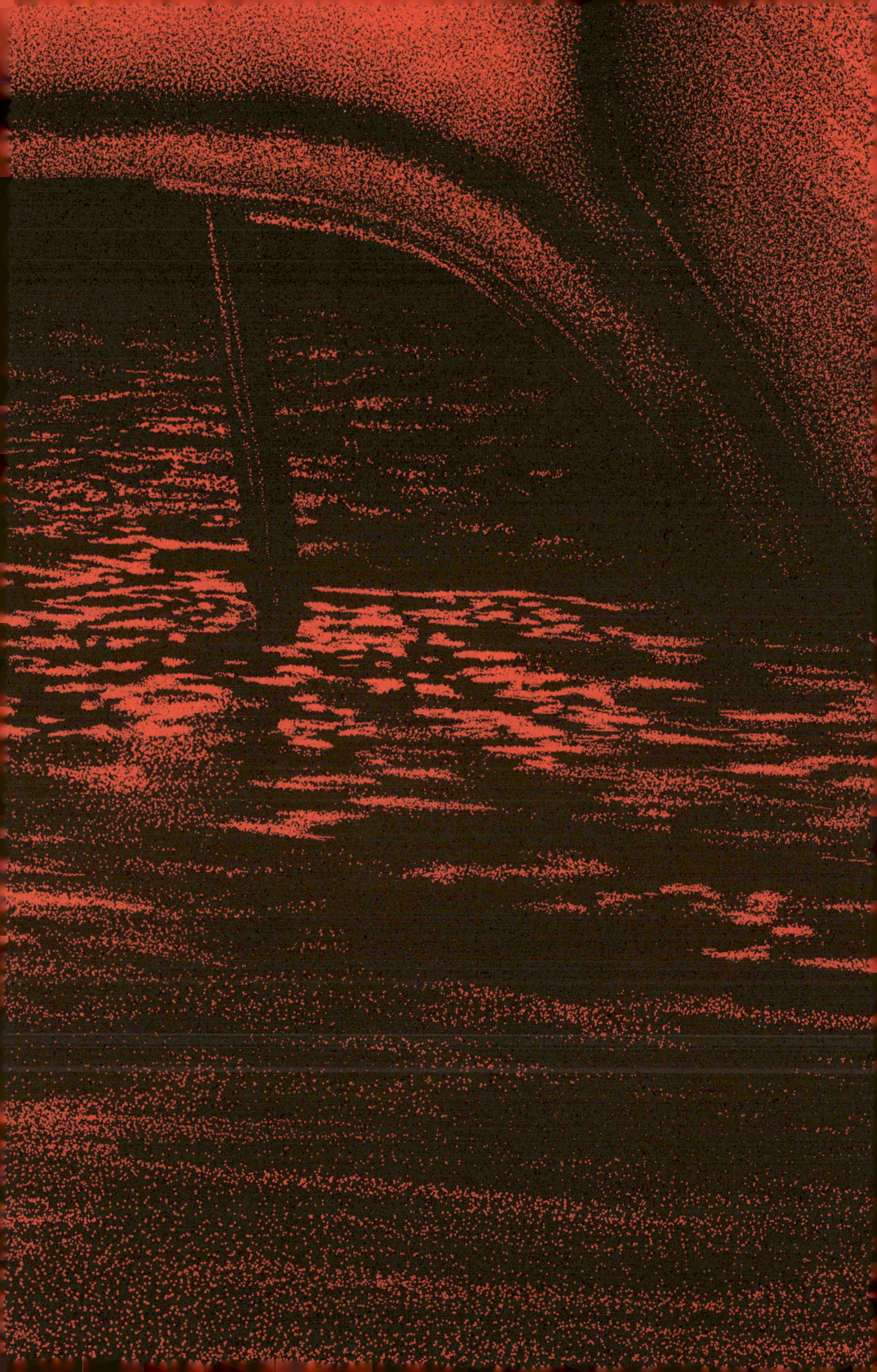

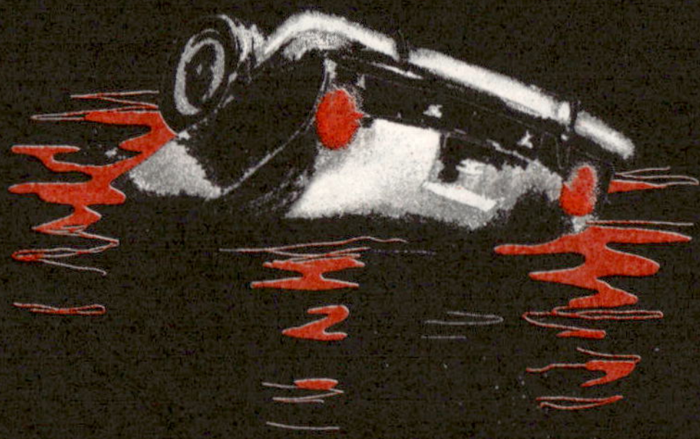

Fazia três horas que o Chevy estava completamente submerso, e nenhum dos corpos das garotas havia emergido na superfície. Havia uma multidão de velhos e curiosos reunidos no alto da ponte para observar a polícia e os voluntários dragarem o rio com ganchos.

"Do jeito que a maré está alta, é possível que a gente nunca encontre esse carro", disse o chefe de polícia Donaldson a um repórter do Lawrence Journal-World. "Testemunhas relatam que três mulheres jovens estavam envolvidas, mas isso é tudo que sabemos por enquanto." Quando o jornalista partiu, o chefe Donaldson falou com os voluntários: "Está quase escurecendo. Quando isso acontecer, vamos ter que interromper essa operação até a manhã".

Um dos voluntários, Daniel Heard, perguntou:

"E se elas estiverem presas dentro do carro? Se esperarmos até amanhecer, elas com certeza vão se afogar!".

Ao ouvir isso, Donaldson apenas olhou para ele e respondeu:

"Faz três horas que essas mulheres estão submersas. Detesto dizer isso, Dan, mas não tem como elas ainda estarem vivas neste mundo de Deus".

Naquele exato momento, um dos voluntários gritou: "Ai meu Deus!". Quando todos se viraram, viram uma das garotas saindo com dificuldade da água pela orla, a saia ensopada agarrada ao corpo.

"Ela está viva!", gritou alguém.

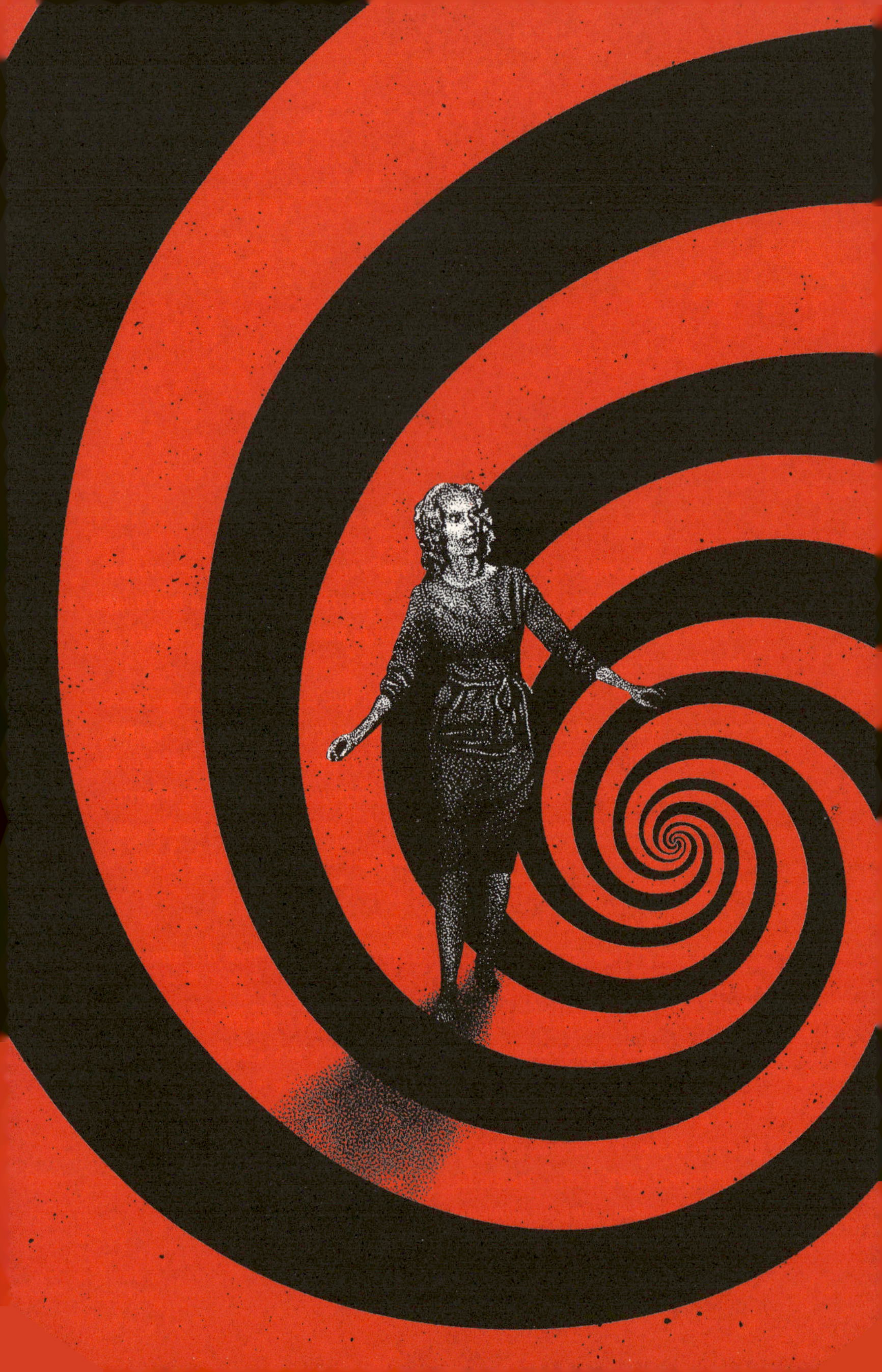

PARQUE MACABRO

1

Connie e Barbara saíram do carro vermelho de Connie, um Chevy Fleetline Special lançado em 1949. As duas garotas haviam consumido uma boa quantidade de vodca, mas Connie estava menos sob o efeito do álcool do que Barbara, que cambaleava um pouco. Elas davam risadinhas conforme andavam da garagem até o prédio retangular de três andares em Conway. Barbara segurava a garrafa. Connie conseguiu parar de rir por tempo suficiente para notar aquele fato e aconselhar a amiga:

"Guarde a garrafa. Não precisamos irritar os vizinhos".

"Deus nos livre", respondeu Barbara, rindo.

Ela enfiou na bolsa a garrafa de 700 ml de Smirnoff, mas o objeto era grande demais e uma parte ficava para fora, o que fez as duas rirem de novo. Subiram pela escada de metal na lateral do prédio até alcançarem o segundo andar. Barbara andava um pouco à frente de Connie, e foi ela quem bateu à porta de Mary — só que não era a porta de Mary. Connie percebeu o engano e estava prestes a mencioná-lo quando a porta se abriu.

Havia um homem peludo, careca, corpulento e cinquentão diante delas. Fumava charuto e vestia regata com uma cueca xadrez. A princípio, sua expressão demonstrava confusão, mas logo se tornou êxtase quando viu as duas garotas de cabelo escuro.

"Opa, senhoritas", falou, abrindo um sorriso grotesco. "Como estão?"

As duas garotas se olharam e irromperam em risadas. A atitude alegre do homem logo mudou de novo, dessa vez para raiva. *"Que diabo? Quem são vocês, afinal?"*

Connie olhou para Barbara e avisou:

"Você bateu na porta errada".

Isso fez com que elas rissem de novo. Sem olhar outra vez para o homem, foram até o apartamento de Mary. Ele rosnou, disse algo sobre mulheres malucas e fechou a porta.

Dessa vez, foi Connie quem bateu. As duas ficaram paradas ali por um bom tempo, sem escutar nenhum movimento no interior do apartamento. Connie bateu de novo, com mais força, e Barbara gritou:

"*A gente sabe que você está aí, Mary! E não vamos embora até que abra a porta!*".

Houve outro intervalo longo e então Connie bateu com ainda mais força. Por fim, após mais um minuto de espera, a porta se abriu e Mary, loira e atordoada, encarava-as.

"Que droga é essa?", questionou ela, visivelmente irritada.

"A gente veio te ver", respondeu Connie.

"Nós queríamos te animar", acrescentou Barbara.

Mary revirou os olhos e deu de ombros, virando-se e voltando para o apartamento escuro. As duas garotas a seguiram, e Barbara fechou a porta. Mary retornou ao sofá verde. Era óbvio que estivera deitada ali, pois havia um cobertor e uma almofada marcados com seu formato. Mary se sentou na ponta mais distante. Connie se sentou ao lado dela, e Barbara na poltrona marrom diante das duas.

"Acenda as luzes, pelo amor de Deus", pediu Barbara. "Está um breu aqui."

Mary olhou para ela e conseguiu dizer:

"Eu dormi o dia todo". Ela se inclinou e acendeu o abajur ao lado.

"*O dia todo?*", indagou Connie. "Está tarde." Ela olhou para Barbara. "Que horas são?"

"Sei lá", respondeu Barbara. "Talvez 16h."

Mary esfregou os olhos.

"Você dormiu por quanto tempo?", perguntou Barbara.

Mary a olhou de novo.

"Que dia é hoje?"

Connie e Barbara se entreolharam. Connie colocou a mão no ombro de Mary e o acariciou.

"Você precisa parar de fazer isso", alertou ela. "Sei que foi um ano difícil, mas ficar enfurnada aqui, dormindo o dia todo, não vai ajudar."

Mary se virou e encarou a amiga; os olhos mostravam uma raiva ardente. Ao ver isso, Connie afastou a mão do ombro dela.

"*Um ano difícil?*", repetiu Mary, ficando exaltada. "*Meus pais morreram! É mais do que...*", a voz de Mary perdeu a força e ela caiu no choro. Apoiou o rosto nas mãos e chorou.

Então, Connie levou a mão de volta ao ombro da amiga.

"Vai ficar tudo bem, querida", consolou Connie.

Barbara apenas observou a cena e tomou um gole de vodca, sem dizer nada.

Mary manteve o rosto coberto e afirmou:

"Nunca voltará a ficar bem. Nunca mais". E começou a chorar com mais intensidade.

"Eu não sei o que dizer", falou Connie.

"Você deveria rezar, Mary", manifestou-se Barbara. "Jesus pode ajudar, sabe?"

Isso fez Mary se endireitar e encará-la.

"*Jesus vai trazer meus pais de volta?*", disparou. "*Eu acho que não! Eu não acreditava nessas fábulas antes, e isso, com certeza, não me faz mudar de opinião!*"

Barbara e Connie a fitaram como se Mary fosse uma alienígena.

"Você não... acredita em Deus?", quis saber Connie.

"*Eu também não acredito no Coelhinho da Páscoa. Você também vai me julgar por isso?*"

"Por que você não acredita em Deus, Mary?", perguntou Barbara.

"*Meus pais rezavam, e adivinhem? Eles ainda estão mortos. Rezar não adiantou de nada. Mas é 'a vontade de Deus', certo? Se você rezar e não funcionar, é a vontade de Deus. Se você rezar e a coisa pela qual rezou acontece, então é um milagre! Isso tudo é uma bobagem! Tudo isso!*"

"Como pode dizer isso?", questionou Connie.

"As pessoas dizem que tudo é um milagre", rebateu Mary. "Mas não é. Na Bíblia, coisas incríveis e gigantescas aconteceram. Isso seriam milagres, se fossem reais. Mas que milagres recebemos agora? Deus não desce dos céus. Ele não fala conosco. E se alguém alegasse que Ele falou, seria despachado para um manicômio. E vocês sabem por quê? Porque, lá no fundo, ninguém acredita de verdade em nada disso, ou então as pessoas seriam mais abertas."

"Você não acredita em milagres?", indagou Barbara.

"Não", respondeu Mary.

"Milagres acontecem todos os dias", declarou Connie.

Mary a encarou nos olhos.

"Acontecem mesmo?"

"É claro que sim."

"Os critérios do que é ou não um milagre precisam ser claros", disse Mary. "Rezar e encontrar sua chave não é um milagre. Sabe o que seria um milagre? Se alguém sem um braço ou uma perna rezasse e Deus fizesse crescer um novo braço ou uma nova perna. *Isso seria um milagre! Mas nunca acontece! Nem uma vez na história da Terra houve um registro de que isso aconteceu!*"

"Eu tenho certeza de que aconteceu", rebateu Barbara.

"Não aconteceu, eu lhe garanto", falou Mary, categórica.

"Isso é absurdo", contestou Connie. "Quem já ouviu falar de um braço ou perna que cresceu de volta?"

"Ninguém", concluiu Mary. "E essa é a questão. Se Deus é todo-poderoso, e a sua Bíblia diz que Ele é, então por que não faz isso? Não é a vontade d'Ele?"

Connie balançou a cabeça como se tentasse abstrair a discussão.

"Eu não sei", respondeu. "Mas quem se importa? Por que você pensa nessas coisas, Mary?"

Mary encarou os olhos castanhos da amiga.

"Por que você não pensa nisso?"

As duas ficaram sentadas se olhando por um bom tempo. Por fim, Connie perguntou:

"Você não se preocupa em ir para o Inferno?".

Mary riu. Connie estreitou os olhos.

"Qual é a graça?", perguntou ela.

"Eu moro no Kansas", explicou Mary. "Já estou no inferno."

Isso fez Barbara rir.

"Deveria beber um pouco da vodca, Mary", sugeriu. "Vai se sentir melhor."

"Eu bebi vodca uma vez", comentou Mary. "Quando acordei na manhã seguinte, eu me senti um defunto."

Barbara e Connie riram.

"Vamos sair", falou Connie. "Você não pode ficar trancada aqui durante todo o fim de semana. Amanhã é segunda-feira, e você volta a trabalhar. Você dormiu o fim de semana inteiro. Vem, vamos sair daqui."

Mary olhou para baixo, considerando a oferta. Então se voltou para Connie.

"Aonde você quer ir?"

"A gente pode só dirigir por aí", propôs Connie. "Vai ser divertido."

"Isso nunca é divertido."

"É mais divertido do que ficar sentada no escuro, na melancolia", retrucou Connie.

"E a gente tem vodca", lembrou Barbara, erguendo a garrafa.

Mary suspirou e deu de ombros.

"Tá bem, desisto. Eu vou. Mas estou acabada. Preciso de uns minutos para me arrumar."

"Você está bonita", argumentou Barbara, apertando os olhos para examiná-la. "A não ser o cabelo. Está uma bagunça. Deveria dar um jeito nisso."

Mary ergueu as mãos e tocou o cabelo, como se decifrasse sua aparência apenas pelo toque. Então olhou para a blusa. Era a mesma peça com estampa floral que estava vestindo dois dias antes, quando saiu do trabalho.

Ao ver que a amiga estava se analisando, Connie comentou:

"A camisa está ótima".

"Estou com ela desde sexta-feira."

Barbara deu uma risadinha, e Mary lhe dirigiu um olhar reprovador.

"Com certeza, estou fedendo", disse Mary.

Connie sorriu.

"É para isso que o perfume serve."

Mary olhou para a amiga, um sorriso se formando no rosto.

"É isso que você faz? Não toma banho e então se encharca de perfume?"

Connie ficou corada.

"Bem... eu já fiz isso."

Barbara riu de novo.

Alguns minutos depois, as três garotas estavam amontoadas no banco da frente do carro de Connie, dirigindo à toa por Lawrence. Connie estava ao volante, Barbara no meio e Mary no banco do passageiro. As janelas estavam abaixadas e a brisa quente entrava no automóvel, causando uma sensação boa na pele de Mary.

"Tenho que admitir que isso ajudou um pouco", confessou. "A luz do sol. E o ar puro."

"É, o ar não estava tão puro no seu apartamento", observou Barbara, rindo. "Parecia que alguma coisa tinha morrido lá dentro."

Mary suspirou, e Connie interveio:

"Cala a boca, Barbara".

A garota era amiga de Connie; Mary nunca gostou tanto assim dela, mas ela veio junto no pacote. Já que Connie era a única amiga de Mary, ela não tinha opção além de aturar Barbara.

"Está empolgada para se mudar?", quis saber Connie.

De alguma forma, Mary tinha se esquecido da mudança iminente. Era um tópico tão estressante quanto todos os outros em sua vida.

"Na verdade, não", contou Mary. "Mas talvez uma mudança me faça bem."

"Mal não vai fazer", afirmou Connie.

Mas poderia, e Mary sabia. Em Utah, ela não iria conhecer ninguém. Ali, tinha apenas uma amiga, mas lá teria menos que isso. A mudança, porém, tinha sido sua escolha, boa ou má, e ela não tinha ninguém para culpar além de si mesma.

Mary tinha a impressão de que Connie também não gostava muito de Barbara. Mas, se fosse o caso, então por que saía com ela? Mary jamais compreendera as outras pessoas — ela mal se compreendia —, e Connie não era exceção.

Connie ainda estava com os olhos focados na estrada quando disse:

"Posso te fazer uma pergunta, Mary?".

Mary não tinha vontade de responder perguntas. Ela nem tinha vontade de falar. Só queria dirigir por aí ouvindo música e sentindo a brisa na pele, mas falou:

"Acho que sim".

"Sabe aquilo que você falou sobre não acreditar em Deus?"

"O que é que tem?"

"Você adora o diabo?"

Mary olhou para ela e desatou a rir. Connie a fitou, confusa.

"Que foi?", perguntou.

"Não, eu não adoro o diabo. Também não acredito nele." E riu mais um pouco, olhando pela janela.

"No que você acredita?", indagou Barbara.

"Em pouca coisa. Agora não mais."

"É por isso que você está deprimida", declarou Connie.

Mary queria dizer alguma coisa, mas pensou melhor. Não discordava. A descrença em divindades não a deprimia, mas não acreditar mais na bondade do próximo com certeza sim.

Dirigiram em silêncio por alguns minutos. Em certo momento, Barbara mudou a estação de rádio e "Roses Are Red" saiu estourando das caixas de som.

"*Eu amo essa música!*", exclamou Connie, com a voz aguda. "Ouvi ontem à noite." Ela se virou e olhou para Barbara. "É dessa música que eu estava falando!"

Mary nunca tinha escutado, então ela e Barbara ficaram quietas, ouvindo.

"É legal", comentou Barbara. "Nada demais."

Connie se virou e a encarou com incredulidade.

"Você só pode estar brincando."

"Não estou, não", respondeu Barbara. "Quem é esse cara?"

"Não sei. Falaram que é Bobby alguma coisa. Acho que ele é novo."

"Bem, ele não chega aos pés do Buddy Holly, saiba disso", analisou Barbara.

Barbara irritava muito Mary. Toda vez que alguma música tocava, Barbara a comparava de forma negativa a Buddy Holly. Fazia três anos que Buddy tinha morrido e, portanto, não criava mais músicas, mas Barbara queria comparar tudo com a música dele. Mary achava que Buddy Holly era legal, mas que ele não era nada demais também.

Connie ignorou Barbara e cantou junto da música. Barbara continuou bebendo a vodca. E Mary olhou pela janela.

PARQUE MACABRO

2

Connie havia parado o carro no estacionamento do restaurante A&W, onde todos os jovens se reuniam. Com a idade que tinham (21 anos, Mary era um ano mais velha que Connie e Barbara), elas eram três das pessoas mais velhas no local. Havia adolescentes zanzando do lado de fora de seus carros, indo de um veículo estacionado a outro. As três ficaram sentadas no carro de Connie conversando entre si. "If I Had a Hammer" estava tocando no rádio. Connie parou de reclamar sobre o namorado, Hal, para reclamar da canção.

"Essa música é horrível", observou ela. "É a pior."

Barbara a olhou com curiosidade.

"Qual é o problema dela?"

"Literalmente, tudo." Connie fez uma pausa para escutar mais um pouco, talvez procurando por mais coisas para reclamar. "Do que é que estão falando? Escute a letra. Estão falando de martelar de manhã, martelar de noite... deviam estar bêbados quando escreveram essa música."

"Ou fumando um baseado", interveio Barbara, agora de acordo com as reclamações de Connie, de um jeito inexplicável. "Mas vou dizer uma coisa: com certeza não é Buddy Holly." Barbara se virou para Mary, que estava perdida em pensamentos. "De quem você gosta?"

Mary piscou, aturdida.

"O quê? Do que você está falando?"

"Sempre que conversamos sobre música, você nunca fala nada. Qual é o tipo de música que você escuta?"

"Eu gosto mais de música com piano", respondeu Mary.

Barbara a encarou.

"Jerry Lee Lewis?"

Mary sorriu.

"Não, não Jerry Lee Lewis."

Connie deu uma risadinha atrás de Barbara, entendendo o que a amiga queria dizer. Mas Barbara perguntou:

"Então quem?".

"Mozart, Beethoven, Bach", explicou Mary.

Barbara mordeu o lábio, pensativa.

"Não", falou ela. "Não conheço nenhum desses caras."

Mary ainda estava sorrindo.

"Imaginei que não conheceria."

Connie riu de novo. A risada confundia Barbara, que olhou para a amiga.

"Qual é a graça?", perguntou.

Antes que Connie pudesse responder, um cara vestindo uma jaqueta de couro apareceu na janela do lado do motorista. Elas se viraram para olhá-lo. Ele era jovem, convencido e loiro, parecia um boneco Ken de aparência genérica e agradável. O cara estava sorrindo com confiança enquanto encarava Connie.

"Qual é o seu nome, docinho?"

Connie deu outra risadinha, inclinou a cabeça e brincou com o cabelo.

"Connie", respondeu ela, com timidez.

O cara acenou a cabeça na direção dela.

"Meu nome é Arlo."

"Oi, Arlo", cumprimentou Connie.

Arlo estava agachado, acomodando-se na janela, apoiado nos antebraços.

"O que as senhoritas estão fazendo esta noite?" Falou como se a pergunta fosse direcionada a todas elas, mas era óbvio que falava com Connie.

Sem se dar conta disso, Barbara, que estava bêbada, se manifestou:

"A gente só está curtindo", respondeu ela, erguendo a garrafa de vodca quase vazia para mostrar a ele.

Arlo deu um sorriso zombeteiro e se voltou para Connie.

"E você?", perguntou ele.

Connie sorriu.

"O mesmo que ela, acho. Só de bobeira, curtindo."

Os olhos de Arlo e Connie se encontraram. Eles poderiam ter criado um laço, mas Barbara se intrometeu de novo.

"Ela tem namorado, sabia?", comentou ela. Envergonhada, Connie se virou para interromper Barbara, mas a amiga continuou: "O nome dele é Hal. Ele joga basquete na faculdade".

Arlo tentou se manter confiante, mas estava visível que seu interesse havia diminuído.

"Não ligo para basquete", falou ele.

"Eu não tenho namorado!", anunciou Barbara, sem dúvida flertando.

Arlo sorriu mais uma vez.

"Não estou surpreso", comentou. Ele ignorou Barbara, olhando para Mary. "E você? Tem namorado?"

Mary olhou para ele com total desinteresse.

"Eu não estou com a menor vontade de falar com você", declarou ela.

Arlo pareceu atordoado. Ele ainda tentava passar a impressão de que era descolado, mas parecia que tinha levado um tapa.

"Por que não?", indagou. "Você não gosta de mim?"

"Não te conheço, e nem quero conhecer", explicou Mary. "Sou uma mulher de 21 anos e você... você está no ensino médio."

"Eu tenho 17", argumentou Arlo. "Você é só quatro anos mais velha do que eu."

"E você é só quatro anos mais velho do que um menino de 13", rebateu Mary. "Pensa nisso, espertinho."

Barbara e Connie riram, e o rosto de Arlo ficou vermelho como um pimentão.

"Tanto faz", respondeu Arlo. "Vocês são um bando de chatas." Ele se levantou e deu as costas para ir embora.

Conforme ele partia, Barbara gritou:

"Nós somos muito mais legais que você, garotinho!". Barbara riu da própria piada. Quando Arlo se foi, ela comentou: "Vocês ouviram? Eu o chamei de garotinho".

"A gente ouviu", respondeu Mary, tentando agradá-la.

As três ficaram sentadas ouvindo música durante um tempo, conversando sobre coisas diversas. Então Connie questionou:

"Por que você quer se mudar para Utah, Mary? Ainda não entendo. Tem alguma coisa boa em Utah?".

Mary encarou Connie, sabendo que ela nunca entenderia.

"Preciso de uma mudança de ares", afirmou. "Quero recomeçar a vida lá."

"Você é jovem", retrucou Connie. "Por que precisa recomeçar a vida? Você ainda nem viveu."

"Estou cansada do Kansas. De tudo isso, do clima em constante mudança às longas faixas de trigal."

Barbara olhou para ela.

"O que tem em Utah?"

"Mary conseguiu um emprego", comentou Connie. "Ela vai tocar o órgão em uma igreja."

Barbara estava incrivelmente confusa e isso estava evidente em seu rosto franzido.

"*Em uma igreja?*", indagou. "Achei que você não acreditasse em Deus."

"E não acredito", afirmou Mary, com naturalidade. "Mas não vou pregar. Então não importa se acredito ou não em Deus. Estarei lá só para tocar o órgão de tubos, e toco melhor do que qualquer um."

"É um trabalho estranho para alguém que não acredita em Deus", comentou Connie.

Conforme ela falava, outro cara se aproximou por trás. Connie viu os olhos de Barbara e Mary olharem para além, e ela se virou para ver quem era.

"Ah, é você", disse ela.

"Sou eu", falou o cara.

Estava de pé, então Barbara e Mary ainda não conseguiam ver quem era. Ele se agachou, e então elas viram que era um cara de aparência estranha, com o cabelo preto, barba por fazer e dentes que não eram bem salientes, mas que se sobressaíam mais do que o comum. Estava vestindo um chapéu-coco branco e esquisito e tinha um sorriso bobo no rosto.

"Oi, meninas", cumprimentou ele, fazendo um meio aceno.

Barbara acenou. Mary, não.

Connie se virou para as amigas e anunciou:

"Esse é o Roger. Ele trabalha comigo na mercearia".

Ele ainda estava com aquele sorriso irritante no rosto. Mary não queria participar da conversa, mas tentou ser simpática.

"Você trabalha no caixa igual a Connie?", perguntou.

"Não", respondeu ele. "Eu embalo as compras."

"Você veio aqui com quem?", indagou Connie.

Roger se virou e apontou para o amigo, que estava sentado em um carro preto, um Chevy Master DeLuxe de 1935.

"Aquele é o Frank", disse ele.

"O que ele está fazendo sentado ali?", quis saber Barbara.

"Ele não gosta de deixar o carro sozinho", explicou Roger. "É o bebê dele."

Connie olhou para o carro.

"Aquela velharia? Aquilo não é um bebê, está mais o avô de alguém!"

As meninas riram. A expressão de Roger ficou séria.

"Não, não, é um carro muito bom", afirmou ele. "Sei que parece velho, mas funciona como nenhum outro."

Connie sorriu e bateu a mão no volante.

"Não como essa aqui", retrucou ela. "É meu bebê. Ela tem até nome."

"Ah, é?", perguntou Roger. "Qual é?"

"O nome dela é Brenda, e ela é mais rápida que aquela sucata, a qualquer hora."

Roger deu um sorriso estranho e bobo que o fez parecer um maluco.

"Querem fazer um racha?", sugeriu. "Frank *adora* correr. Não sei se ele já disputou contra uma garota, mas acho que não ligaria."

"Não, a gente não quer fazer um racha", respondeu Barbara.

Ignorando a amiga, Connie encarou Roger.

"Pode crer que a gente quer! Mas precisamos apostar alguma coisa para valer a pena."

"No que você está pensando?"

"Aposto cinco dólares que aquela lata velha não consegue ganhar da Brenda", propôs Connie.

Roger assentiu com entusiasmo, ainda com aquele sorriso bobo no rosto.

"Vou falar com Frank e ver o que ele acha", disse. Com isso, virou-se e foi até o carro de Frank.

No fim, Frank concordou com a aposta e eles dirigiram até uma área rural. Frank sugeriu um lugar a alguns quilômetros de distância da cidade, perto de Eudora. Estavam em uma estrada de terra empoeirada no meio do nada. Quando o racha começou, os dois Chevy se encontravam lado a lado, acelerando pela estrada e levantando poeira.

Mary estava nervosa.

"Para onde estamos indo?", perguntou ela. "Como vamos saber que o racha acabou?"

"Não sei", respondeu Connie. "Nunca fiz um racha."

"*Você nunca fez um racha?* Então por que estamos fazendo isso?"

"Vai dar tudo certo", garantiu Connie. "Assisti *Juventude transviada* duas vezes!"

Os rapazes no Chevy preto as ultrapassaram com uma vantagem de mais ou menos dois carros, e quando chegaram em um cruzamento, fizeram uma curva fechada à esquerda. Connie se provou uma motorista habilidosa e virou à esquerda logo atrás.

"*Estamos chegando perto deles, estamos chegando perto deles!*", berrou Barbara com entusiasmo.

"Com certeza vamos alcançá-los!", declarou Connie. "E então vou pegar aqueles cinco dólares e comprar vacas-pretas para nós."

Connie manteve o pé pesado no acelerador, e um instante depois elas estavam lado a lado com os garotos de novo. Ao olhá-los pela janela de Connie, Mary viu que Roger ainda sorria como um palhaço. O outro cara — ela achava que o nome dele era Frank — estava comemorando e gritando, eufórico.

"Tem uma ponte aí na frente", alertou Barbara.

Mary ergueu os olhos e viu a velha ponte com vigas de madeira.

"É a ponte do rio Kansas", falou Barbara.

Olhando adiante, Mary notou:

"Tem uma placa ali".

A placa dizia: "TRECHO EM OBRAS. UTILIZE A ESTRADA POR SUA CONTA E RISCO".

"Não se preocupe com isso", assegurou Connie, sem desistir.

"Será que isso é uma boa ideia?", indagou Barbara.

"Não é, não", rebateu Mary, se segurando na base da janela.

Quando os dois carros chegaram à ponte de madeira ao mesmo tempo, Frank comemorou de novo no Chevy preto. O carro ziguezagueava, e Mary percebeu que, como estava em obras, a ponte estava desnivelada. Havia tábuas soltas na estrada, deixando o percurso atribulado. Os dois carros mantinham a mesma velocidade, próximos demais um do outro, e a estrada fazia com que ambos andassem em zigue-zague.

"*Não estou gostando disso!*", avisou Barbara.

"Você se preocupa demais", falou Connie, rindo.

"*Connie, pare, por favor!*", pediu Mary.

Ela conseguia ouvir Roger entrando na onda de Frank, comemorando e gritando junto dele.

"Deixem isso comigo, meninas", garantiu Connie às amigas. "Preparem-se para aquelas vacas-pretas."

O coração de Mary batia tão forte que ela sentia como se o órgão tivesse subido para a garganta. Olhou para os rapazes, ainda comemorando e gritando, tentando manter o carro estável. Elas estavam na metade da ponte quando Connie se virou na direção de Mary e falou:

"Eu disse para deixar comigo".

Quando Mary se virou, o carro de Frank se chocou contra o lado do motorista do Chevy de Connie, fazendo o automóvel guinar até o guarda-corpo de madeira. Connie proferiu um palavrão e, naquele instante, Mary *sabia*. Era um daqueles momentos da vida em que se é capaz de ver que algo está prestes a acontecer, mas não se consegue fazer nada para impedir. Mary tinha ouvido falar que a vida passava diante dos olhos em um momento como aquele, mas não foi isso que aconteceu. Em vez disso, ela apenas se sentiu afligida por pânico e medo.

O Chevy de Connie atingiu o guarda-corpo de lado. Connie tentou retomar o controle, empurrando com força o volante para a esquerda, mas era tarde demais. Naquele exato momento, elas estavam à deriva e em queda livre. Barbara gritava. Mary pensou que estava gritando também, mas não tinha certeza. Ela viu a água azul adiante, voando até elas. A última coisa que ouviu antes da colisão foi Connie dizendo:

"*Por favor, não!*".

Depois que o carro de Connie caiu da ponte, Frank derrapou até frear. Ele e Roger saltaram do automóvel e correram até o guarda-corpo, olhando para baixo, na direção do carro que afundava.

"Você acha que elas estão bem?", perguntou Roger.

Sem conseguir tirar os olhos do carro de ponta-cabeça, Frank respondeu: "Não, acho que elas estão longe de estar bem".

Roger o encarou com uma expressão assustada nos olhos.

"Talvez elas estejam bem, Frank. Talvez tenham sobrevivido."

Frank balançou a cabeça.

"Não tem como elas terem sobrevivido. A colisão por si só provavelmente as matou, e se não, elas estão se afogando agora mesmo. O carro está capotado, e mesmo que elas tenham sobrevivido à colisão, estão inconscientes, o que significa que nunca teriam a chance de escapar com vida."

"Vamos buscar ajuda", sugeriu Roger.

Frank olhou para ele.

"Nada pode ajudá-las agora."

Os dois homens entraram no Chevy e Frank fez a volta, indo até a cidade para notificar a polícia.

PARQUE MACABRO

3

Mary se sentia confusa conforme saía da água e caminhava até a orla. Tudo estava nebuloso, e ela não se sentia bem. A cabeça estava latejando. Havia pessoas por todos os lados. Um idoso segurava um cobertor ao redor de Mary quando o policial Donaldson falou com ela.

"Você está bem?", perguntou ele.

Mary o olhou, estupefata e incerta de onde estava ou do que estava acontecendo. Não fazia ideia de quem ele era.

"Eu... eu não sei", conseguiu dizer.

"Você estava naquele carro?"

Mary piscou, aturdida, e inclinou a cabeça para observar o rio. O acidente então voltou à tona. Ela se virou e olhou para Donaldson.

"Cadê elas?", quis saber.

Donaldson colocou as mãos sobre os ombros de Mary, olhando-a nos olhos.

"Quem?", perguntou.

"As outras", respondeu ela, encarando o rio de novo, com lágrimas nos olhos.

"Minhas amigas... Connie e Barbara. Elas... elas estão bem?"

"Eu não sei", disse Donaldson. "Achávamos que estava morta, mas aqui está você. Então, talvez..."

Boquiaberta, Mary encarou a água. Donaldson se virou para um de seus policiais, Kenny Kramer.

"A garota está em estado de choque", afirmou. "Leve-a até o hospital o mais rápido possível. Falaremos com ela quando estiver se sentindo bem para isso."

Kenny fez que sim com a cabeça, colocou os braços ao redor de Mary e a levou às pressas até a viatura.

Enquanto os homens no local viam Kramer e Mary partir, um deles perguntou a Donaldson:

"Como ela pode estar viva depois de tanto tempo debaixo d'água?".

Donaldson inclinou a cabeça para trás e esfregou as entradas no cabelo.

"Macacos me mordam se eu souber", falou. "Devia ter um bolsão de ar no veículo, o que permitiu que ela sobrevivesse."

"Então onde estão as outras?"

"Provavelmente se afogaram", observou Donaldson. "Ou estão em algum lugar embaixo dessa água. Que Deus as ajude se estiverem..."

O policial Kramer transportou Mary depressa para o Lawrence Memorial, onde ela foi examinada por um médico alto e magro chamado Jerry Harris. Harris a analisou e concluiu que ela estava bem. "Em ordem", nas palavras dele. Afirmou que não conseguia compreender como ela havia sobrevivido à experiência sem nenhum arranhão no corpo ou água nos pulmões. O médico lhe deu alta, aconselhando que tirasse alguns dias de folga do trabalho na fábrica de órgãos.

"O descanso vai lhe fazer bem", avisou ele. "Não tem nada melhor para o corpo do que descansar. É o jeito natural de curar o corpo."

Então o chefe Donaldson apareceu e a levou para casa. Quando chegaram lá, ele colheu o depoimento de Mary. Àquela altura, ela estava um tanto menos abalada, mas Donaldson achou que ela não se comportava como a maioria das pessoas agiria depois de passar por um acidente tão traumático e possivelmente perder duas amigas. Ela ainda estava em choque, pensou ele, mas não parecia tão perturbada. Quando Donaldson contou a versão de Roger e Frank sobre as garotas os ultrapassando na ponte, Mary rebateu que não tinha sido daquele jeito. Mas ela foi muito objetiva e nunca ergueu a voz ou pareceu emotiva ou preocupada acerca de nada disso.

"Não", falou ela. "Connie não tentou ultrapassar. O que aconteceu foi que ela havia desafiado um deles... o nome dele era Roger... um cara de aparência estranha."

"Desafiou a quê?", questionou Donaldson.

Mary o encarou com um olhar distante, como se estivesse hipnotizada.

"Ela o desafiou a uma corrida de arrancada."

Isso surpreendeu Donaldson.

"Nunca ouvi falar de uma mulher desafiando um homem para uma prova de arrancada", comentou ele. "Essa é nova."

Mary passou a explicar em detalhes o que aconteceu. Depois que terminou de contar a história, Donaldson apenas a encarou, tentando compreendê-la.

"Tem certeza de que está bem, garota?", quis saber ele.

Mary apenas se virou e olhou com uma expressão vazia, sem dizer nada. Donaldson repetiu a pergunta.

"Acho que estou bem", respondeu Mary.

Donaldson estava dividido entre preocupação e vontade de dormir com a jovem atraente, mas, por fim, decidiu partir.

"Você pode ligar para a delegacia se precisar de alguma coisa, srta. Henry", disse ele. "Provavelmente vai levar um tempo até que processe tudo isso."

Mary apenas olhou para ele, aturdida. Donaldson então saiu do apartamento, entrou na viatura e foi embora.

Sozinha, Mary se sentou no sofá onde tinha estado com Connie mais cedo naquele dia. Ela apagou o abajur, com vontade de ficar no escuro. Não sabia o motivo, mas encontrava consolo na escuridão. Ficou sentada, ponderando sobre o acidente e as mortes prováveis de Connie e Barbara. Será que estavam mesmo mortas? Que tinham se afogado? E, caso sim, como ela havia conseguido sobreviver? Quando pensava no incidente, só conseguia recordar os eventos que antecederam o acidente. Ela não se lembrava de nada depois da colisão, inclusive ter acordado e escapado dos destroços. Mal se lembrava de emergir da água. Tudo aquilo parecia um sonho. A mente de Mary parecia confusa e caótica. Ela não teria conseguido explicar como e não entendia de verdade, mas era real. Mary passou os dedos pelo cabelo, tentando organizar tudo em sua mente.

Será que ela era mesmo o milagre da medicina que o dr. Harris acreditava? A pessoa entre um milhão que sobreviveu a algo assim? Além de tudo, o dr. Harris havia dito que era quase inédito que uma pessoa conseguisse reemergir depois de ter estado presa em um automóvel submerso pelo tempo que ela ficou. Parecia absurdo, mas, ainda assim, ela estava ali, viva e saudável.

Mary pensou em se levantar e ir até o quarto para se examinar na frente do espelho, mas aquilo parecia uma atitude inútil e que exigiria bem mais energia do que tinha no momento. Ela podia não ter arranhões, mas se sentia completamente exausta. Então, ela não era nenhuma Mulher-Maravilha. Apenas uma mulher. Uma mulher muito, muito sortuda.

Mary queria ficar remoendo sobre Connie, falar com a família dela e fazer todas as coisas que eram comuns em uma situação como aquela, mas não tinha a energia necessária nem para considerar fazer isso. Queria analisar a fundo a situação e tentar compreender todos os eventos que aconteceram, mas não era capaz de fazê-lo. Em vez disso, caiu em um sono profundo.

4

Mary estava no cemitério acompanhando o funeral. Era um dia frio e cinzento, e as nuvens carregadas ameaçavam lançar chuva a qualquer momento. O sacerdote, um homem corpulento com barba grisalha, lia um trecho conhecido de Eclesiastes sobre haver tempo para tudo.

Olhando para o cadáver de Connie no caixão aberto, Mary sentia raiva. Se pudesse ficar cara a cara com Deus, caso Ele existisse, teria perguntado: *"Era mesmo a hora dela? Connie tinha 20 anos! Qual era o sentido da vida e da morte dela? Era fazer parte do aprendizado de alguém? Era ajudar esse alguém a enxergar o caminho?"*. Mary odiava essa ideia de que os seres humanos eram peças no tabuleiro de alguma divindade invisível.

Ela olhou além do caixão, para os pais de Connie, que estavam virados na direção dela. O pai de Connie abraçava a esposa, que estava inconsolável. Ao ver a cena, Mary pensou se os próprios pais teriam lamentado sua morte com a mesma intensidade dos pais de Connie. Não tinha como saber, mas Mary tinha sérias dúvidas. Quando recordava do enterro dos pais, ocorreu a Mary que não havia chorado na ocasião. Por quê? Ela pensou por um momento e concluiu que foi porque não queria que ninguém visse sua vulnerabilidade.

Mary olhou ao redor para o grupo reunido ali — um número aceitável de pessoas — e o estudou, observando os movimentos e reações. Então olhou de novo para o caixão de Connie. Pensou ter visto o corpo da amiga se mexer. Sabia que isso era impossível, mas achava que tinha visto. Mary continuou encarando e, então, os olhos de Connie se abriram de repente. Mary arfou. Em seguida, Connie se sentou ereta. Mary olhou para os outros espectadores, mas ninguém parecia ter notado. Olhou para o sacerdote, mas ele apenas continuou falando.

A cabeça de Connie virou até que estivesse olhando diretamente para Mary.

"Aí está você", falou ela, um gole de água espirrando da boca.

Connie começou a sair do caixão. Isso assustou Mary, mas ela não conseguia desviar os olhos. Connie estava de pé, usando um lindo vestido preto. Estava apenas parada, encarando Mary. Então deu uma risada genuína e perturbadora, e apontou para Mary.

"Aí está ela", disse Connie. "*Foi essa piranha que me matou!*"

Os olhos de todos os presentes se voltaram para Mary.

"Eu não a matei", defendeu-se Mary, esperando convencê-los.

Olhou de novo para Connie e viu que a garota morta estava vindo em sua direção como um animal à espreita.

"*Não!*", conseguiu dizer, virando-se para fugir. Mary correu pela multidão até sair do cemitério.

"*Você não pode fugir de mim!*", gritou Connie, atrás da amiga.

Mary reduziu o passo e se virou para observar, vendo que Connie se aproximava. Quando se virou, Mary tropeçou em um túmulo antigo, que machucou seu pé e a fez cair no chão. Ela esfolou o joelho e por pouco não bateu a cabeça em uma lápide. Voltou a olhar para Connie, que ainda corria atrás dela.

"*Você nunca vai fugir de mim! Nunca!*"

Mary se levantou, dando-se conta de que estivera sonhando. Ainda estava no sofá. Havia gotas de suor em sua testa, e ela estava ofegante. Recuperou o fôlego e deu um meio-sorriso, percebendo que tinha sobrevivido mais uma vez.

5

Mary seguiu o conselho do dr. Harris e permaneceu em casa na segunda-feira, refletindo quanto a tudo que havia acontecido nos dias anteriores. Pensou em Connie e em como a família dela deveria estar se sentindo naquele momento. Mas não pensou muito em Barbara, que tinha sido uma pedra em seu sapato quando estava viva, e Mary percebeu que não se importava muito que ela tivesse morrido.

De um jeito estranho, Mary se sentia responsável. Achava que era síndrome do sobrevivente, já que sabia com objetividade que tinha sido uma escolha de Connie fazer um racha com aqueles caras, e não dela. Mas saber disso não afetava as pontadas de culpa que sentia. Enquanto estava na cama, concentrada no acidente, Mary decidiu ligar para a mãe. Desde garotinha, a mãe sempre era a quem recorria em busca de consolo e conselho. Quando Mary se levantou e pegou o telefone, lembrou que seus pais estavam mortos. Ela colocou o telefone no gancho. E então, pensando no acidente de carro que tinha tirado as vidas deles, sentiu uma segunda onda de remorso. Embora Mary não tivesse sofrido o mesmo acidente que os pais, sentia-se ainda mais culpada por ter sobrevivido.

Em busca de respostas, pensou em rezar, mas descobriu que não conseguia. A questão não era não *querer* — Mary queria algum tipo de consolo ou garantia, não importava de onde viesse —, mas não acreditava e não era capaz de se forçar a acreditar. Passou o dia todo na cama, alternando entre chorar, encarar o teto, se odiar e dormir.

• • •

Quando acordou na manhã seguinte, Mary decidiu que iria voltar ao trabalho. Ao tomar essa decisão, resolveu que seria seu último dia na fábrica. Decidiu naquele momento que iria fazer uma única mala e partiria para Salt Lake City com uma semana de antecedência. Não restava literalmente nada para ela no Kansas, e precisava desesperadamente de um descanso da vida que tinha.

Antes de ir ao trabalho, ela foi até a ponte onde o acidente havia ocorrido. Ao chegar, descobriu que ainda havia idosos parados na ponte, observando os policiais e voluntários na orla e em barcos, a fim de dragar o rio. Mary caminhou pela ponte e foi até onde o guarda-corpo estava quebrado. A polícia havia coberto o local com fita de isolamento amarela para impedir que as pessoas caíssem da ponte. Isso divertiu Mary, o fato de que achavam que a fita seria suficiente para impedir que as pessoas caíssem na água quando um guarda-corpo de madeira não tinha conseguido deter o Chevy.

Mary ficou parada, cercada por homens velhos, encarando a água turva onde sabia que Connie, Barbara e o carro vermelho deviam estar. Então olhou para um homem em um dos dois barcos enquanto ele jogava uma corda na água.

"A maré está alta", observou um dos homens. "E tem muita areia ali. Duvido que vão encontrar aquelas garotas."

Mary ouviu a observação, mas não se abalou. Um idoso se aproximou silenciosamente pelo lado de Mary, mas ela não tinha notado. Só percebeu a presença dele quando o homem comentou:

"É uma tragédia o que aconteceu com aquelas meninas. Um alerta para nos reconciliarmos com Deus, não importa se somos jovens ou velhos, e não importa o quão boa a vida pareça. Tudo pode desaparecer em um instante".

Mary não se virou para olhá-lo, mas respondeu:

"Essas mulheres tinham fé. Elas acreditavam. Mas isso não impediu que morressem, não foi?".

Houve uma pausa, e o velho falou:

"Você conhecia essas garotas?".

Mary não respondeu. Só deu as costas, indo em direção ao carro.

Quando chegou ao trabalho, seu chefe, o sr. Maddox, a recebeu e colocou o braço ao redor dela.

"Estou feliz que esteja de volta, Mary, mas você está pálida", disse ele, com a expressão preocupada. "Parece muito doente. Tem certeza de que está pronta para voltar?"

"Eu queria falar com o senhor sobre isso, sr. Maddox."

O cinquentão de cabelo preto e corpo atarracado inclinou a cabeça, encarando-a, tentando entender.

"O que foi, Mary?"

Ela o olhou, envergonhada.

"Deixe de timidez", pediu ele. "O que foi?"

"Bem", começou ela. "Preciso ir para Utah na semana que vem."

"É, eu sei. Fui eu que consegui o trabalho para você, lembra?" Ele sorria conforme falava, fazendo com que Mary se sentisse um pouco mais à vontade.

"O senhor tem sido tão bom comigo, sr. Maddox, e não quero lhe decepcionar", afirmou ela.

"Não se preocupe, Mary, você não vai. É a melhor recepcionista que já tive, e tive muitas. Então, qual é o problema?"

Ela o encarou com olhos grandes e tristonhos. Mary sentia como se fosse chorar.

"Com tudo o que aconteceu, eu quero colocar uma distância entre mim e o Kansas."

Ao olhar para o sr. Maddox, ela conseguia ver que ele entendia. Parecia um pouco desanimado, mas assentiu, tranquilizando-a.

"Não duvido nada disso", respondeu ele. "E não a culpo por isso. Acho que ninguém culparia. Quando está pensando em partir?"

"Hoje."

Isso pareceu surpreender um pouco o homem.

"*Hoje*? É... repentino."

"Eu só..." Mary desatou a chorar, e ele a abraçou outra vez, para consolá-la.

"Você teve um ano difícil, mocinha. Não a condeno nem um pouco. Mas como vai levar suas coisas para lá tão rápido?"

"Não vou levar nada comigo", explicou ela. "Estou pronta para abrir mão de tudo e ir embora. Vou levar apenas uma mala e o carro, mas isso é tudo. Só quero ir para bem longe, onde ninguém me conheça. Só quero me afastar de tudo isso..."

O sr. Maddox colocou o braço no ombro de Mary e olhou para ela, falando como se fosse seu pai.

"Eu entendo, Mary, mas nunca vai conseguir escapar de si mesma. Você pode entrar naquele carro e dirigir até o fim do mundo, mas, quando chegar até onde quer que esteja indo, você ainda estará lá."

Ela o olhou com uma expressão apática.

"Eu só preciso ir."

"Mas você vai trabalhar durante o resto do dia?"

Ela assentiu.

"Essa é a ideia."

Então foi a vez do sr. Maddox assentir.

"Bom", avaliou ele. "Assim todos vão ter a oportunidade de se despedir."

"Quero agradecer ao senhor de novo por ter conseguido o trabalho para mim."

O sr. Maddox sorriu.

"Quando aquele pastor comprou um órgão e então me disse que precisava encontrar alguém para tocá-lo, você foi a primeira pessoa em quem pensei", declarou ele. "Você é a melhor organista que já ouvi."

"Isso é muito gentil da parte do senhor", agradeceu ela.

Ele sorriu de novo.

"Eu disse porque é a verdade."

O momento logo foi interrompido pelo toque do telefone na mesa de Mary. Eles estavam ao lado da mesa. Ela inclinou a cabeça na direção do telefone.

"Creio que o trabalho esteja me chamando", falou, à medida que se esticou para atender.

Quando o expediente chegou ao fim, Mary tocou mais uma partitura em um dos órgãos da vitrine da fábrica. Enquanto tocava, o sr. Maddox e outros funcionários se reuniram ao redor para ouvir. Conforme a música chegava ao fim, o sr. Maddox se aproximou do órgão e se apoiou nele.

"Você será uma excelente organista para aquela igreja, Mary", disse ele, quando a música terminou. "Acho que vai ser muito gratificante para você. Pode ser exatamente do que precisa, considerando tudo pelo que passou."

Ela olhou para ele, tentando entender.

"Como assim?"

"Talvez a aproxime do Senhor."

Mary deu um sorriso sem jeito.

"Ah, não", respondeu ela. "É só um trabalho, nada além disso. Estou indo para lá pelo mesmo motivo pelo qual trabalhei aqui: para ficar mais perto da música."

O sr. Maddox pareceu surpreso.

"'Só um trabalho'?", repetiu ele. "Essa é uma postura estranha para alguém que vai trabalhar numa igreja."

Ela deu de ombros.

"Não vou professar. Só vou tocar o órgão."

Ele assentiu, compreendendo.

"Sei que o emprego não paga bem, mas pelo menos é um começo para fazer o tipo de trabalho que você quer."

Mary ficou de pé e se afastou da banqueta do órgão. Quando o fez, o sr. Maddox deu uma volta no órgão e a abordou.

"É uma viagem longa. Está planejando fazer uma parada no meio da noite?"

"São cerca de dezoito horas de viagem. Quero dirigir direto. Sei que o percurso é longo, mas acho que vou ficar bem."

Antes que Mary partisse, o sr. Maddox fez mais um comentário:

"Sei que você sabe disso, mas não basta ter inteligência para ser uma musicista. Ponha um pouco da sua alma, está bem?".

Ela exibiu um sorriso afetado, pois não acreditava em tais conceitos, mas mordeu a língua. Virou-se para ir embora. Quando se aproximou da porta, o sr. Maddox falou:

"Dirija com cuidado, mocinha. E venha nos visitar quando estiver na região".

Mary parou e se virou.

"Obrigada, sr. Maddox, mas nunca voltarei", respondeu. Então deu as costas e foi embora.

Depois que ela partiu, o sr. Maddox observou Don Trimble, seu empregado mais antigo, que estava encerrando o expediente. Don olhou para ele.

"Eu me preocupo com aquela garota, sabe", comentou Maddox.

"O que quer dizer?"

"Ela sofreu um acidente e foi a única sobrevivente dentre as três mulheres no carro", explicou Maddox. "Era de se imaginar que ela iria sentir alguma coisa sobre isso tudo, de um jeito ou de outro. Humildade, talvez."

"Talvez ela sinta", respondeu Don. "Sempre foi difícil saber o que aquela garota estava pensando. Ela sempre foi reservada. Não expressa muita emoção. Não tem motivo para isso mudar agora, creio eu."

"Talvez, se estivesse no lugar dela, eu faria o mesmo", ponderou Maddox. "Apenas recolher os cacos e retomar a vida como se nada tivesse acontecido. Deve ser mais fácil lidar dessa forma."

Don olhou para ele, avaliando tudo em sua cabeça por um momento.

"A questão é que ela é tão discreta que engana. Mas preciso dizer uma coisa sobre ela: a garota é dura na queda. Dá pra ver isso de cara, antes mesmo de falar com ela. Não cai na conversa fiada de ninguém."

"Você está certo, ela é durona", concordou Maddox. "Talvez esse seja o preço da sobrevivência. Primeiro, o acidente, e depois, o rescaldo. Mas tem algo errado com ela. Está agindo de uma forma muito estranha."

"Deve ser o esperado, considerando o que aconteceu", observou Don. "Mas, se ela tem algum problema, ele vai com ela."

Depois de arrumar a mala, Mary deixou seu apartamento pela última vez. Foi até seu Chevy Biscayne azul, de 1960, que estava estacionado na frente do prédio. Mary deu uma última olhada no edifício. Então enfiou a mala no banco traseiro e acomodou-se no assento do motorista. Mudou a estação de rádio e "Runaround Sue", de Dion, começou a tocar. Mesmo que não ficasse no caminho, Mary fez uma última visita à ponte do rio Kaw, como era comumente chamado. A polícia, os voluntários e os idosos curiosos tinham partido, e a ponte estava silenciosa. Dessa vez, Mary não saiu do carro. Apenas ficou sentada dentro do veículo, na ponte, encarando a água por um instante.

Ela meneou a cabeça em direção ao rio e disse:

"Adeus, Connie".

Então começou sua jornada para Salt Lake City.

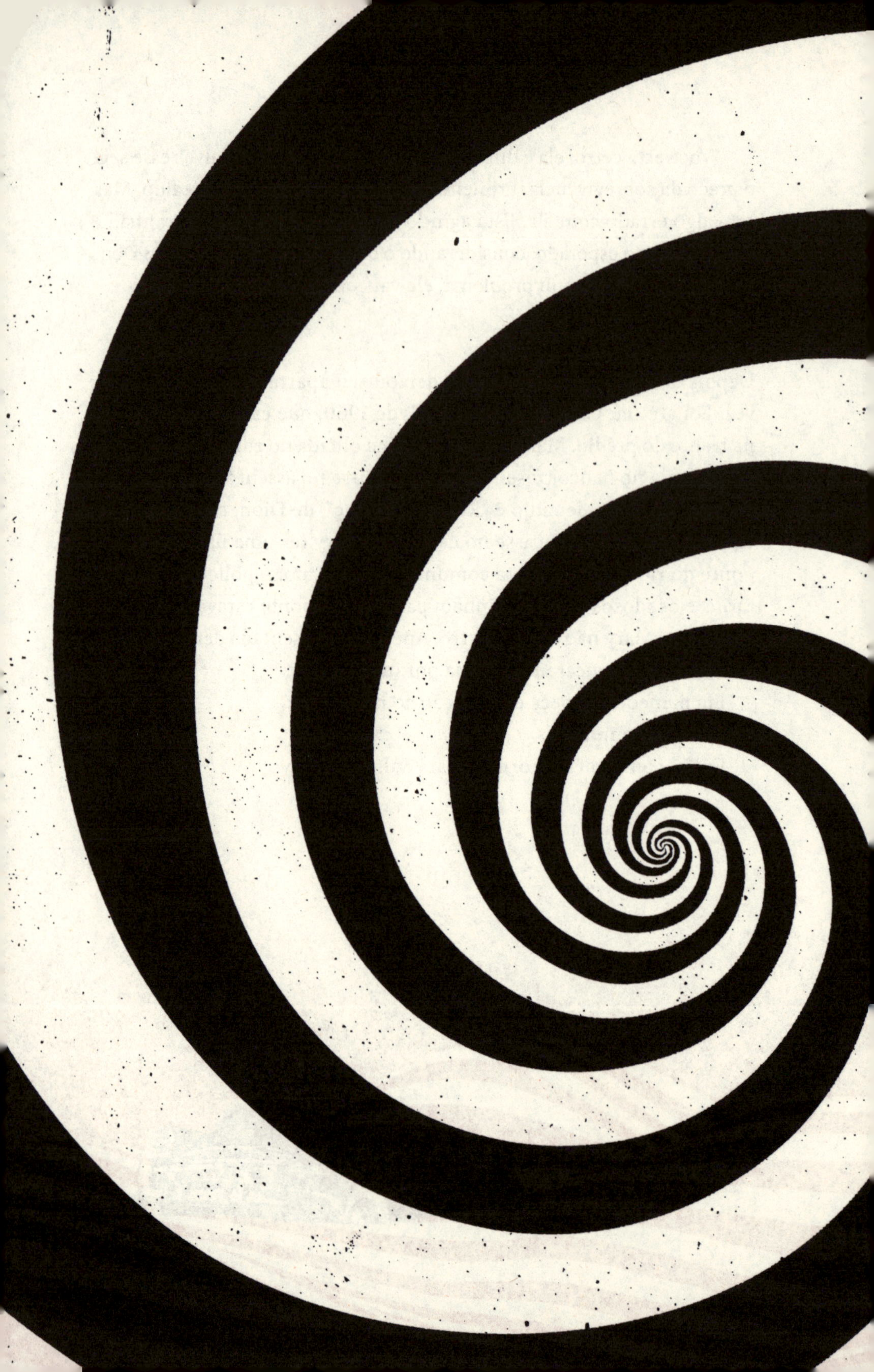

PARQUE MACABRO

6

Após dez horas de viagem, Mary começou a se sentir sonolenta. Era pouco depois das três da madrugada, e ela já tinha passado da metade do caminho. Precisava fazer algo para se manter acordada. Ela ouvia o rádio, tentando pegar no tranco e despertar. Mary encontrara uma estação de música clássica que tinha sintonizado havia cerca de uma hora, mas as emissoras eram esparsas naquela região. E, mesmo tendo música clássica para ouvir, sabia que, em seu estado atual de sonolência, aquilo apenas iria servir para fazê-la adormecer. Mary queria escutar música pop, mas não conseguia sintonizar nenhuma naquele momento, então se contentou com uma estação de música country. George Jones cantava "She Thinks I Still Care". Ela não gostava muito de música country (ou pop, na verdade), mas achava que aquela canção era ótima.

Conforme dirigia, a mente de Mary recapitulava os eventos que antecederam o acidente. Ela viu e ouviu Connie desafiando os garotos para um racha, e o sorriso de Roger ao encará-las como um filhotinho carente. Mary tinha tentado dizer a Connie que corrida de arrancada não era uma boa ideia, mas, como era de seu feitio, Connie não a escutou. Mary pensou "bem, olha onde você se meteu, Connie". Ela sentia pena de Connie, e até de Barbara, assim como de suas famílias, mas havia uma pequena parte dela — uma parte que Mary não queria admitir — que se via um tantinho feliz com a morte das duas. Apesar de tentar mascarar aquele fato, Mary sabia que era mais inteligente do que a maioria das pessoas durante boa parte do tempo. Não era algo que valorizava ou se orgulhava, era apenas a pura verdade. Não era algo especial para ela, muito pelo contrário. Era uma maldição. Ser intelectualmente superior à maioria das pessoas ao redor era trabalhoso, e estava cansada disso. Embora soubesse que Connie e Barbara estavam fazendo o melhor possível com sua inteligência um tanto limitada (completamente limitada, no que dizia respeito à Barbara), Mary ainda ficava alegrinha de não precisar mais ouvi-las tagarelarem sobre coisas banais, bobagens como garotos e música. Ela iria sentir falta de Connie, claro, mas nunca derramaria uma lágrima por Barbara.

Ao pensar nisso, ocorreu a Mary que nunca tinha chorado por Connie. Havia chorado, mas sabia que as lágrimas foram por si mesma. As lágrimas de Mary tinham surgido do medo, do choque e da compreensão de que estivera à beira da morte de uma forma absurda. Mas as lágrimas não foram por Connie, ou por Barbara, nem pelas famílias delas. Percebendo isso, Mary se sentiu culpada, o que agravou a culpa que já sentia por ter sobrevivido ao acidente. Sim, ela sobrevivera. Estava ali e não havia nada que pudesse mudar aquilo. Bem, pensou ela, contanto que conseguisse ficar acordada para não sofrer um segundo acidente.

Mary precisava fazer alguma coisa para se manter desperta. Mas o quê? Sabia que era bobo, mas pensou em cantar ou fazer algo como recitar fatos. Talvez o alfabeto. Listar os presidentes ou a tabela periódica. Alguma coisa. Porém, mesmo estando sozinha no carro, apenas a ideia de fazer algo do tipo soava constrangedora e faltava coragem a ela.

Depois de dirigir mais um pouco, viu um caroneiro do lado direito da estrada. A luz do farol mal o iluminara, e Mary já tinha o ultrapassado e o deixado para trás. Ela ponderou a situação, pensando que talvez pudesse lhe dar uma carona e ele proporcionasse alguma diversão com uma conversa. A viagem era solitária e enfadonha, e o estímulo mental seria bom. Mary pensou sobre as advertências que as mulheres recebiam contra dar carona a estranhos, mas ela era teimosa e fazia as coisas do jeito dela. Que se lixassem as advertências! Mary deu a volta para buscar o caroneiro. Dirigiu devagar, procurando-o no lado oposto da estrada. Quando o avistou, fez uma curva aberta para mudar de faixa e apanhá-lo. Mary encostou o carro, ainda sem conseguir vê-lo com clareza. O caroneiro se aproximou da janela e se apoiou ali. Mary via seu rosto sorridente. Era tão branco quanto a maquiagem de um palhaço — mais pálido do que qualquer ser humano que ela já tivesse visto — e seu sorriso era diabólico, cada detalhe dele era assustador de uma forma inexplicável. Mary sentiu um arrepio percorrer a coluna e calafrios surgiram nos braços. Ao encarar o rosto grotesco dele, ela gritou e pisou fundo no acelerador por instinto. O carro avançou, e Mary manteve o pé pesado no acelerador por vários minutos.

Sentiu-se nervosa e apreensiva. Outro arrepio desceu por sua coluna. A escuridão que cercava o carro a assustava. Embora não quisesse olhar no retrovisor, ela o fez porque não conseguia se controlar. Mary esperava ver aquele rosto branco macabro a encarando no banco traseiro, mas não foi o que aconteceu. Não havia, é claro, ninguém ali. Ela tentou manter os olhos fixos na estrada à frente, tentando não olhar para a escuridão ao redor.

Claude King cantava "Wolverton Mountain" no rádio, mas Mary não ouvia. Estava perdida nos próprios pensamentos e absorta em medo. Será que tinha mesmo visto aquele homem ou ele era fruto de sua imaginação? Ao considerar aquela possibilidade, Mary concluiu que o homem — ou o rosto assustador dele, pelo menos — tinha sido uma invenção de sua mente. Ou ela o imaginara por completo ou houvera um caroneiro cujo rosto era o de um homem normal, e ela apenas tinha inventado o semblante grotesco que vira. Ao visualizá-lo de novo na mente, Mary ficou mais assustada. Tanto que os calafrios voltaram e outro arrepio serpenteou por sua coluna.

Mary olhou para a frente por horas, esforçando-se para não espiar o espelho retrovisor. Quando enfim o fez, não havia nenhum homem ali, nada a temer. Ela então percebeu que era provável que tivesse imaginado tudo e que estivesse se atormentando ao pensar naquele bicho-papão imaginário surgindo aqui e ali.

Por fim, depois de mais duas horas, Mary começou a se sentir confortável de novo. Escutava música pop naquele momento — "Blue Moon", cantada por The Marcels — e estava examinando as lembranças que tinha dos pais. Mary se lembrava do ano em que visitaram a avó, que morava no Michigan, no Natal, quando tinha 6 anos de idade e um grande sorriso no rosto. Enquanto se alegrava com a recordação, Mary deu uma olhada impensada no retrovisor e viu o pavoroso rosto demoníaco do caroneiro a encarando através da janela do passageiro.

Mary gritou e guinou o carro, perdendo o controle. O veículo saiu da estrada e chegou perto demais de um fosso, mas ela conseguiu salvar o carro, desviando até voltar à rodovia. Olhou de novo e o rosto do homem havia sumido. É claro que tinha. Como poderia ter estado lá? Como um homem poderia estar do lado de fora da janela do carro enquanto ela dirigia na rodovia? Não era possível, e ela sabia disso. Mary estava sonolenta e sua mente a enganava.

Logo o sol iria nascer e tudo ficaria bem de novo. Embora soubesse que o rosto do caroneiro não era real, pensar nisso a acalmava. Roy Orbison cantava "Crying" no rádio, e Mary se sentia bem melhor. Estava para lá de cansada e temia sofrer um acidente antes de chegar a Salt Lake City. Não seria demais se ela tivesse sobrevivido ao acidente na ponte apenas para morrer em um acidente de carro alguns dias depois? Mary afastou o pensamento quase no mesmo instante em que surgiu. Não era hora para ideias tão negativas e mórbidas.

Ela não estava longe de Salt Lake City. Cantarolava a música "I Only Have Eyes for You", da banda The Flamingos, quando espiou no retrovisor e viu o rosto pálido, branco e grotesco do caroneiro a encarando com um sorriso maníaco. Mary gritou de novo e pisou sem querer no acelerador. O carro deu um solavanco. A pressão de Mary subiu e ela ficou sem fôlego. Apesar do pânico, conseguiu controlar o carro. Olhou de novo no retrovisor e não viu nada. Então desacelerou o carro e se virou para espiar o banco traseiro, também sem encontrar nada.

"Você está enlouquecendo, Mary Henry", disse a si própria. "Precisa acordar."

Porém, conforme falava consigo mesma, os músculos do estômago de Mary estavam tensos de medo e ela se sentia enjoada.

PARQUE MACABRO

7

Mary tinha sido invadida por uma sensação ruim quando viu o rosto do caroneiro, e aquele sentimento permaneceu com ela ao longo da viagem, embora a intensidade tivesse diminuído um pouco. Ela só se lembrava de ter se sentido daquela forma uma vez antes, quando descobriu que os pais haviam falecido. Ou, para ser mais exata, foi mais tarde, naquela mesma noite, quando estava deitada na cama, transitando entre o sono e o despertar. Naqueles momentos de realidade alternativa, vivenciara uma série de sonhos perturbadores. Em alguns desses sonhos, os pais de Mary eram retratados com vida, na época em que Mary era criança. Em outros, apareciam em um estado de decomposição, como ela achava que seria a aparência deles na morte.

À medida que dirigia e o sentimento de pavor e a náusea persistiam, mesmo que em menor dose, ela pensava nisso. Tinha sido uma sensação indescritível, diferente de tudo que já vivenciara.

Ainda estava abalada por ter tido uma alucinação (*tinha sido isso mesmo, uma alucinação?*) com o caroneiro sentado no banco traseiro. Enquanto dirigia, agora a apenas cerca de 32 quilômetros de distância de Salt Lake City, viu uma estrutura gigante fora da estrada, um pouco à esquerda. Parecia uma obra antiga, algo que poderia ter sido construído pelos astecas. Não conseguia parar de admirá-la. Ao olhar com mais atenção, Mary conseguia perceber que fora construída em um período mais moderno. Talvez a década de 1920 ou 1930, pensou. Não conseguia enxergar direito a estrutura, já que o sol ainda não tinha nascido, apenas insinuava sua chegada iminente. Mary observou que a construção parecia um mausoléu enorme. Ela parou de olhar. Tinha alguma coisa sobre a estrutura. *Alguma coisa*. Mas ela não sabia dizer o quê. À medida que a encarava, Mary percebeu que a sensação desagradável na barriga havia voltado.

Alguma coisa sobre o monumento a assustava, e ela se viu desejando desviar o olhar. Mas não conseguia. Tinha diminuído bastante a velocidade do carro para apreciar, mas já havia ultrapassado a construção e a cabeça estava virada totalmente para trás, na direção dela. Quando estava a alguns quilômetros mais adiante, descobriu que ainda conseguia visualizar a estrutura com clareza na mente, agigantando-se no horizonte, chamando por ela. Convidando-a. Aquela ideia a espantou. Ela queria rir da situação e descartá-la como uma maluquice, mas Mary era mais esperta.

Dentro dos limites de Salt Lake City, ela viu um posto de gasolina adiante, à direita, então encostou o carro. Mary ainda tinha bastante combustível e parou mais como uma forma de encontrar alívio da estrada e de seus pensamentos. Queria ver e interagir com outro ser humano; alguém que pudesse distrai-la do caroneiro e do medo que sentia, mesmo que por um momento.

Ela parou o carro perto de uma bomba enquanto encarava com desatenção uma propaganda enorme da Firestone na frente do posto. O local era bem iluminado. Mary viu um frentista bigodudo e de meia-idade surgir do posto quando desligou o carro. Ele caminhou com energia até ela. Mary abaixou a janela conforme o frentista se aproximava do automóvel. Ele deu um sorriso indiferente que dizia "não estou nem aí".

"O que deseja, senhora?", perguntou ele.

Mary sorriu, embora sem vontade.

"Pode completar", pediu ela.

O frentista concordou e foi abastecer. Enquanto ele se afastava, Mary saiu do carro e andou em volta do veículo para respirar um pouco de ar puro. Foi até a janela do passageiro, onde imaginou ter visto o rosto do caroneiro. Ela olhou para onde o rosto do homem tinha aparecido e viu o próprio reflexo a encarando. Mary estendeu a mão e tocou o vidro. Quando o fez, o frentista se aproximou por trás dela.

"Posso ajudar em mais alguma coisa?", indagou ele, assustando Mary.

Ela deu um sorriso amarelo e apontou para a estrada de onde tinha vindo.

"Pode me dizer o que é aquela construção grande alguns quilômetros atrás, perto do lago?"

"Ah, aquilo", falou o frentista. "Você está falando do antigo balneário público." Ele deu uma risada. "Pelo que ouvi, lá era um lugar bem grã-fino antigamente. Então o nível do lago baixou e fizeram um salão de dança no lugar, mas não durou. Aí ergueram aqueles prédios e transformaram em uma espécie de parque de diversões durante um tempo." O frentista caminhou até o para-brisa e começou a limpá-lo. "Isso foi há muitos anos", acrescentou ele. "Agora ele só fica lá, esquecido e intocado, uma relíquia do passado."

Mary tirou um pedaço de papel da bolsa e perguntou:

"Eu estou com o endereço de uma pensão. Pode me dizer como faço para chegar lá?".

"Com certeza." Ele pegou o pedaço de papel e olhou. "Ah, não é muito longe." Ele apontou para a estrada e orientou: "Você vai seguir um quilômetro por aqui...".

8

Mary não viu a pensão na primeira vez que passou na rua, então teve de dar a volta. Havia dois carros estacionados no trecho diante da casa, então precisou deixar o carro um pouco mais à frente. Saiu do veículo e olhou para a mala no banco de trás, ponderando sobre levá-la, mas decidiu que era melhor esperar até que tivesse se apresentado. Conforme caminhava pela calçada, Mary olhou para a pensão antiga, absorvendo o local. Era uma casa grande de dois andares, um pouco deteriorada, que devia ter sido bonita vinte ou trinta anos antes, mas que então parecia o tipo de lugar onde uma viúva idosa moraria. Quando Mary subiu os degraus e entrou na varanda, bateu à porta, ainda segurando o papel com o endereço na outra mão. Um instante depois, a porta se abriu devagar e uma velhota de cabelo branco apareceu, observando-a com suspeita.

"A senhora é a sra. Thomas?", indagou Mary.

Os traços severos da idosa relaxaram um pouco.

"Você deve ser a srta. Henry."

Mary sorriu e estendeu a mão.

"Sim, senhora. Por favor, me chame de Mary."

A sra. Thomas apertou a mão dela e a conduziu para dentro da casa.

"Não esperava que fosse chegar tão cedo", comentou ela. "Tomou café da manhã?"

"Não, senhora", respondeu Mary, exibindo o sorriso falso que usava para parecer mais simpática.

As duas estavam dentro da pensão, e a sra. Thomas falou:

"Fiz panquecas hoje de manhã. Somos só eu e o sr. Linden, mas ele decidiu dormir até mais tarde". A idosa se aproximou e estreitou os olhos. "Juro que aquele homem dorme mais do que qualquer um que conheço. Dorme mais do que um gato."

Mary não sabia o que dizer, então se obrigou a alargar o sorriso forçado e assentiu.

"Enfim", disse a sra. Thomas, "pode ficar à vontade para comer algumas panquecas, se quiser."

"Obrigada, mas não estou com fome."

A mulher mais velha franziu o rosto até formar uma expressão de censura e sacudiu o dedo ossudo na cara de Mary.

"Pular refeições não faz bem, sabia?"

Mary apenas sorriu.

"Bem, gostaria de ver seu quarto?", indagou a sra. Thomas.

"Seria ótimo."

A sra. Thomas deu as costas e partiu para o interior da casa.

"Então me siga", disse ela. Quando chegou à base da escada, a sra. Thomas se virou e anunciou: "O seu quarto fica lá em cima". Ela fez uma pausa e acrescentou: "O seu e o do sr. Linden".

Mary sorriu de novo, e a sra. Thomas se virou e começou a subir os degraus. Mary a seguiu, observando as fotografias emolduradas na parede de pessoas que não conhecia. Parou quando viu a foto de alguém que parecia uma versão mais jovem da sra. Thomas.

"É a senhora?", perguntou, apontando para a fotografia.

A sra. Thomas parou e se virou para olhar. Fez uma careta e respondeu:

"Graças a Deus, não!". Ela encarou Mary. "É assim que você acha que eu sou?" Mary não sabia o que dizer e sentia que estava começando a corar. Antes que pudesse começar a tentar sair daquela situação, a idosa explicou: "Essa é a minha irmã, Edna. Ela era a criança feia da família". Mary sorriu, pensando que as duas eram iguaizinhas, e então a sra. Thomas deu as costas e continuou a subir as escadas.

Quando a sra. Thomas chegou ao topo, parou e apoiou a mão no corrimão, fazendo uma pausa para recuperar o fôlego.

"Posso jurar que essa escada fica mais alta a cada ano que passa", disse. Então ela virou à esquerda e Mary olhou, vendo uma porta na parede oposta. "Aquele é o quarto do sr. Linden", avisou a sra. Thomas, voltando-se de novo para Mary. "Ele está *dormindo*", comentou em um tom sussurrado e sarcástico.

Mary não falou nada. Ela olhou para a frente e viu outra porta à direita.

A sra. Thomas apontou para aquela porta e disse:

"Aquele é o seu quarto, srta. Henry". Ela abriu a porta e adentrou o quarto. Mary a seguiu.

O cômodo parecia o quarto comum, com todos os elementos padrão de uma pensão. Entretanto, a sra. Thomas os indicou.

"Essa é a cama", disse a sra. Thomas, apontando. "Como pode ver, a cama está arrumada, e é assim que eu gosto." Ela olhou para Mary, os olhos a analisando. "Está tudo bem por você?"

"É claro", respondeu Mary.

"Bom", falou a sra. Thomas, assentindo. "Arrumei a minha cama todos os dias desde que tinha 12 anos e vou arrumar todos os dias até não conseguir mais. O meu marido, Earl, que Deus o tenha, costumava dizer que não tem nada de errado se a cama estiver desarrumada às vezes, mas eu discordo. Esse tipo de coisa nos diz quem a pessoa é de verdade, não concorda?"

"Com certeza", afirmou Mary, exibindo seu sorriso forçado mais uma vez. "Uma casa caótica é sinal de uma pessoa caótica."

A sra. Thomas sorriu, e Mary sabia que aquele comentário tinha lhe garantido, pelo menos por enquanto, um lugar nas graças da mulher.

"Pode apostar que sim", declarou a idosa. A senhora então continuou a turnê pelos poucos itens do quarto, apontando para cada um. "Essa é a penteadeira, e ali está a mesa de cabeceira, onde pode guardar joias e coisas do gênero." Ela indicou uma porta na extremidade do quarto. "Você tem seu próprio banheiro", falou a sra. Thomas. "É o único nesse andar."

Mary fez uma pausa.

"Isso quer dizer que o sr. Linden também vai utilizá-lo?"

A sra. Thomas riu.

"É claro que não! Ele usou algumas vezes desde que o último inquilino se mudou, mas agora que você está aqui, ele pode voltar a fazer as necessidades lá embaixo." Ela se aproximou de Mary de novo. "Ele usa muito papel higiênico, sabe? Desperdiça muito."

Mary apenas sorriu e balançou a cabeça, concordando.

"Entendi", respondeu, tentando preencher o silêncio.

"Também tem uma banheira ali", anunciou a sra. Thomas. "Não me importo com a quantidade de banhos que você toma por dia. Sei que algumas pessoas podem ser rigorosas quanto a isso, mas eu não sou assim. Se quiser tomar dez banhos por dia, você tem todo o direito."

"Obrigada", disse Mary. "Costumo tomar só um."

"Eu também", compartilhou a sra. Thomas. Ela então olhou ao redor, como se esperasse que mais alguém estivesse ali. Em seguida, falou baixinho: "O sr. Linden toma *muitos* banhos". Ela pensou nisso por um momento e acrescentou: "Acho que agora ele vai ter de tomar banho lá embaixo". Ela fez uma pausa de novo. "Só Deus sabe como ele acha que se suja. O homem nem trabalha."

Isso surpreendeu Mary.

"Ele não trabalha?"

"Não", respondeu a sra. Thomas. "Ele herdou um dinheiro. Da tia, acho."

"Ah, entendi."

"Então, o que achou do quarto?", quis saber a sra. Thomas. "Vai servir para você?"

Mary sorriu.

"Vai ser perfeito."

"Que bom. Eu podia ter alugado esse espaço, sabia? Mas segurei para você, porque sabia que estava vindo."

"Eu com certeza valorizo o gesto."

A idosa ficou parada, encarando Mary por um tempo, avaliando-a.

"O que a fez decidir vir para Utah?"

"Tinha muita coisa acontecendo na minha cidade. Eu só queria recomeçar."

Os olhos da mulher mais velha se estreitaram.

"Você não pegou barriga não, né?"

Mary riu sem emitir som.

"Não, não, nada tão escabroso assim. Os meus pais faleceram, e eu só queria ir embora."

"É uma pena o que aconteceu com seus pais", lamentou a sra. Thomas. "Aposto que lá tudo fazia você se lembrar deles. Foi assim quando meu marido morreu."

"Sim, senhora", concordou Mary.

"Você tem um emprego? Não gosto de alugar para quem não tem uma renda fixa." A sra. Thomas então olhou na direção do quarto do sr. Linden. "Com exceção do sr. Dorminhoco ali, por causa da herança dele."

"Eu toco órgão, então fui contratada para tocar em uma igreja na cidade."

Os olhos da sra. Thomas se estreitaram mais uma vez.

"Uma igreja cristã?"

"Sim", confirmou Mary, assentindo.

A expressão da idosa se iluminou.

"Ah, que bom! Prefiro alugar para cristãos, sabe? Eu tenho uma política bem rigorosa de não alugar para pessoas que não são cristãs. Uma vez, aluguei para um judeu, mas só descobri que ele era judeu quando era tarde demais."

Mary olhou para ela.

"O que a senhora fez?"

"O que você acha?", questionou a sra. Thomas, encarando Mary como se ela fosse louca. "Eu o botei para fora. Não quero judeus nessa casa. Se Earl soubesse que um judeu estava morando embaixo do teto dele, teria se revirado no túmulo."

Mary deu um sorriso forçado, tentando esconder o desprezo que sentia.

"Certo", concluiu a sra. Thomas. "Vou deixar você se acomodar. Eu faço o café da manhã todos os dias às 7h. Então preparo o almoço ao meio-dia e o jantar às 18h. Fique à vontade para comer junto conosco sempre que estiver aqui."

"Parece ótimo", declarou Mary.

A sra. Thomas olhou para as mãos vazias de Mary.

"Acabei de perceber que não trouxe nenhuma bagagem. Você não tem roupa?"

"Tenho", respondeu Mary, rindo. "Eu deixei no carro caso tivesse anotado o endereço errado ou houvesse algum tipo de equívoco."

"Não houve nenhum equívoco aqui", afirmou a sra. Thomas. "O aluguel deve ser pago ao final de cada semana, o mesmo valor que discutimos ao telefone. Você vai ter a quantia, certo?"

"Toda semana."

"Bom", finalizou a sra. Thomas. "Precisa de ajuda com as malas?"

"Eu não pediria para a senhora me ajudar com isso."

"Eu não, boba. Eu ia acordar o sr. Linden para que ele ajudasse." Mary sorriu.

"Não precisa incomodá-lo. Eu só trouxe uma mala."

"Tudo bem, se está dizendo." A sra. Thomas se aproximou de novo e disse algo em um tom sussurrado: "Levantar da cama e fazer alguma coisa, para variar, não faria mal. Mas se você tem certeza de que dá conta...".

"Tenho certeza."

Dez minutos depois, Mary estava sozinha no quarto com a mala aberta em cima da cama. Estava vasculhando a bagagem, preparando-se para guardar as roupas, quando enxergou algo pelo canto do olho. Mary ergueu o olhar e encontrou o rosto do caroneiro flutuando do lado de fora da janela, horripilante e inexpressivo, encarando-a. Mary arfou, levando a mão à boca, reprimindo um grito. E então a imagem do homem se dissipou. Depois que o momento passou, Mary andou devagar até a janela para investigar, mas viu apenas o próprio semblante refletido onde antes estava o rosto do homem. Ela encarou seu reflexo por um instante e então balançou a cabeça. Que bobagem, pensou. Estava no segundo andar; como o rosto de um homem poderia estar lá fora?

"Absurdo", falou, balançando a cabeça. "Completamente absurdo."

PARQUE MACABRO

9

Mary encontrou a igreja com facilidade. Na verdade, encontrá-la havia sido tão fácil que, de primeira, Mary tinha duvidado de que fosse o local correto. Ela nunca fora boa com direções, então aquilo a surpreendeu. Chegou com alguns minutos de antecedência; deveria se encontrar com o pastor, o reverendo Downs, às 10h, e faltavam quinze minutos. Ela estacionou o Biscayne perto do meio-fio e saiu do veículo. Ficou parada ao lado do carro por um momento, sondando a construção. Apesar de não ter nenhum interesse na igreja, pensou que era uma estrutura impressionante. Era feita de tijolos amarelados e de aparência robusta, e o campanário, que estava coberto de heras, se erguia alto no ar. Na entrada havia uma tabuleta pitoresca, mais ou menos da altura de Mary, com as palavras "PRIMEIRA IGREJA DE DEUS" e "TODOS SÃO BEM-VINDOS!" escritas a mão em tinta vermelha no fundo branco.

Apesar de estar adiantada, Mary decidiu subir a escada e entrar. Pensou que talvez o reverendo Downs fosse valorizar que ela chegou mais cedo, talvez considerasse como um sinal de sua avidez por trabalhar. Quem sabe uma possibilidade mais realista fosse que ele ficaria irritado ou estaria completamente alheio ao horário de modo geral. Ao entrar na igreja, o pequeno salão da frente estava totalmente no escuro. Quando espiou ao redor, Mary avistou um grande livro de visitas sobre um pódio encostado na parede e o retrato clássico de Jesus pintado por Warner Sallman olhando para a direita.

"Olá?", perguntou Mary em um tom de voz levemente sussurrado.

Ela não sabia o motivo, mas sentia que erguer a voz na casa de Deus seria errado, mesmo que não acreditasse n'Ele. Como não ouviu uma resposta, Mary percorreu um corredor escuro à esquerda. No corredor, conseguia ver uma luz emanando de uma porta logo à direita. Quando se aproximou da porta aberta, chamou baixinho: "*Olá?*". Diante da porta, ela viu o pastor — pelo menos achava que era ele — sentado atrás de uma mesa, surpreso, analisando alguns papéis. O homem de cabelo escuro, que deveria ter por volta de sessenta anos, estava com a cabeça um pouco abaixada e os olhos espiavam por cima dos óculos apoiados na ponta do nariz.

"Pois não, senhorita?"

"Meu nome é Mary Henry. Vim encontrar o reverendo Downs."

O rosto do homem se iluminou, e ele largou os papéis.

"Mary!", chamou. "Entre e se sente." Ele fez um gesto em direção à cadeira de frente para a mesa.

"Perdão, estou um pouco adiantada."

O homem sorridente se levantou e deu a volta na mesa para cumprimentá-la. Ela já estava sentada, mas ele apertou a mão dela mesmo assim. Então ele se sentou na beira da mesa e cruzou as pernas. Ela o encarou.

"O senhor é o reverendo Downs?"

"Acho bom que sim", respondeu ele. "Ou então estive recebendo o salário de outra pessoa por todo esse tempo." O reverendo Downs riu da própria piada, apesar de não ter graça. "Todos nós estamos muito felizes que você esteja aqui na Primeira Igreja de Deus, Mary."

"É um prazer estar aqui, reverendo."

Ele abriu um sorriso tão animado que parecia poder explodir de tanta empolgação.

"Como foi a viagem?", perguntou ele. "Estamos bem longe do Kansas."

Ela se forçou a sorrir de novo. Mary não gostava muito de interagir com pessoas e, para todos os efeitos, não era boa nisso, mas tentava.

"Não foi tão ruim", afirmou ela. "Só muito longa. Uma viagem muito, muito longa."

"Como imaginei. Você fez uma pausa para descansar e dormir?"

"Não", falou ela. "Decidi dirigir direto."

O reverendo Downs a encarou, parecendo surpreso.

"Ainda bem que não cochilou ao volante e se matou, Mary. Muitos homens já morreram desse jeito."

Mary abriu um sorriso afetado.

"Ainda bem que não sou um homem."

O pastor deu um sorriso amarelo que dizia "nessa você me pegou".

"Então, o Kansas, né?", indagou ele.

Mary não sabia o que dizer, logo, apenas assentiu.

O reverendo Downs abriu um sorriso bobo.

"Acho que é como dizem: você não está mais no Kansas, Totó."

Mary se forçou a sorrir apesar de ouvir aquela piada havia anos. Ela assentiu e disse:

"Verdade".

"Mais uma vez, Mary, é um prazer imenso ter você aqui."

"Obrigada, reverendo."

"Fiquei muito surpreso quando o sr. Maddox me contou que você trabalhava na fábrica de órgãos", explicou o reverendo Downs. "Ele disse que você é uma organista muito talentosa."

Mary assentiu.

"O sr. Maddox nem sempre tem razão, mas, nisso, ele tem."

O pastor parecia ter sido pego de surpresa pela resposta.

"Você não é muito humilde, não é?"

"Não acredito que devemos fingir quanto a essas coisas", declarou Mary. "Quando se tem um talento, então tem e pronto. Simples assim. Todo mundo tem um talento, só precisa descobrir; aquela coisa em que são melhores do que os outros."

"E o seu é tocar o órgão."

"Isso, o meu é tocar o órgão."

"E o quão boa você é?"

Mary sorriu.

"A melhor que o senhor já ouviu. Mas já sabe disso. Tenho certeza de que o sr. Maddox comentou."

O reverendo Downs abriu um sorriso largo.

"Ele comentou sim, claro. Gostaria de ver nosso órgão? É muito bom."

Mary sorriu, e, dessa vez, foi um sorriso genuíno.

"Eu gostaria muito."

"Então venha comigo."

O reverendo Downs se levantou e passou pela porta. Mary o seguiu pelo corredor, e então ele virou à esquerda e atravessou outra porta, que os levou ao altar. A igreja tinha um tamanho relativamente bom, com muitas fileiras de bancos de madeira e vitrais grandes e belos.

"Esse lugar fica cheio?", quis saber Mary enquanto admirava os vitrais.

O pastor fez uma pausa e se virou, sorrindo.

"Na verdade, não. Já ficou, mas não tanto nos últimos tempos. O tamanho da congregação varia ao longo do tempo. Quando cheguei aqui, dezessete anos atrás, tínhamos bem mais frequentadores. Mas, no momento, nem tanto."

"Por quê?", indagou Mary.

O revendo Downs sorriu.

"Por causa da morte, principalmente. Boa parte da congregação já se foi."

Mary fez que sim, sem dizer nada.

"Mas receio que hoje sejamos uma nação bem menos cristã", continuou ele. "Detesto dizer isso, mas é a verdade. Temos um presidente católico no momento."

Mary sorriu, e o reverendo deu as costas e foi andando até a frente do altar, onde estava o teclado. Mary o seguiu, olhando para o instrumento adiante. Quando estavam se aproximando, o pastor falou:

"É um lindo órgão, não acha? Mal posso esperar para ouvi-la tocar".

"Mal posso esperar para tocar", afirmou Mary.

Quando o reverendo Downs parou ao lado do teclado, Mary também parou. O pastor acenou em direção ao instrumento.

"Vá em frente, pode se sentar", sugeriu ele. Mary fez o que ele pediu. Enquanto se acomodava em seu lugar atrás do órgão, o reverendo Downs anunciou: "A igreja está empolgada para conhecê-la. As senhoras daqui adoram eventos sociais. Vamos ter de organizar algum tipo de festa para que todos possam te conhecer".

O reverendo Downs viu Mary se retrair.

"Qual é o problema?", quis saber ele.

"Será que podemos pular essa parte?"

"O que quer dizer?"

"Não sou muito sociável", explicou Mary. "Não gosto de conhecer pessoas ou de receber atenção. Eu só..." Mary olhou para o pastor, esperando receber uma mãozinha. "Prefiro só tocar o órgão."

"Ora, acho que uma festa não é mesmo imprescindível", comentou o reverendo Downs. "Mas não sei o que as senhoras vão dizer."

Mary olhou para ele, piscando.

"Se elas disserem que sou uma boa organista e que toco bem, deve bastar. O senhor não acha?"

Ele assentiu.

"Acho que sim". Então ponderou e acrescentou: "Você não pode viver isolada, entende? A interação humana é muito importante para a mente e para a alma, Mary".

Mary estava olhando para o teclado.

"O senhor se importa se eu testar?"

"É claro que não."

Mary colocou os dedos nas teclas e começou a tocar. O reverendo Downs sorriu com apreço. Ainda ao lado dela, o homem falou:

"Johann Sebastian Bach, correto?".

Ela sorriu e continuou a tocar, respondendo:

"Isso mesmo".

O pastor ficou parado ali, com a mão direita sobre o gabinete, ouvindo.

"*A paixão segundo São Mateus*", identificou.

"Sim, isso mesmo", confirmou Mary, continuando a tocar.

À medida que andava para a parte traseira do altar, o reverendo parou e ficou ali, olhando Mary, que tocava com tamanha paixão que a deixava alheia ao que a rodeava. Mary era uma organista excelente, mas o preocupava. Havia nela uma certa solidão, um vazio. Ele deu as costas e voltou para o corredor, onde encontrou Camille Goodling, uma voluntária que limpava a igreja três vezes por semana. Camille estava apenas parada, encarando o altar, com um grande sorriso no rosto.

"É a nova organista?", perguntou Camille.

O reverendo Downs assentiu.

"É ela mesma. Se chama Mary Henry."

"Ela é simplesmente extraordinária."

"Concordo", disse ele. "Ela tem o dom ímpar de comover mesmo a alma. Consegue extrair a paixão da música de um jeito que poucos organistas são capazes."

Camille ficou parada ali, encarando e sorrindo.

"Eu sei tocar órgão, mas só um pouco", contou o reverendo Downs. "Aposto que não sabia disso."

Camille olhou para ele.

"Não sabia mesmo."

"Mas a questão é que, quando toco... essa mesma partitura, veja bem... soa insípido, sem graça", confessou ele. "Não tenho o talento que aquela garota possui. Deus me deu o talento de falar as palavras d'Ele, mas nenhum dom musical."

"Ela deve ser uma pessoa fora do comum mesmo."

O reverendo Downs fez que sim.

"Ela é singular, por assim dizer."

Ainda no altar, Mary continuava tocando, totalmente absorta na música e vertendo tanta paixão e energia naquele ato quanto era capaz de reunir. Tocar era a única coisa pela qual nutria uma paixão. Quando tocava, Mary se sentia viva. Era um dos únicos momentos em que se sentia assim, e, nos últimos tempos, não tinha se sentido tão viva. Enquanto tocava, Mary viu movimento no fundo do altar. Ela ergueu os olhos, mantendo os dedos e os pés ainda em movimento, tocando no piloto automático. Mary viu o homem parado no fundo e, a princípio, não se importou, pois pensou ser o reverendo Downs. Mas então enxergou o homem com mais clareza e apertou os olhos para comprovar o que via. Quando o fez, viu aquele mesmo caroneiro medonho do rosto branco; de cabelo lambido e vestindo um terno, ele a encarava. Mary arfou e suas mãos e pés pararam. Ela fechou os olhos, cerrando-os com força. Respirou fundo, sentindo e ouvindo o coração disparado.

Quando Mary abriu os olhos, o homem tinha desaparecido. Ela não sabia o que pensar disso. Será que ele tinha estado lá, para começo de conversa? Ela ficou sentada em silêncio, olhando para os fundos do local, sem conseguir entender aquilo. Tinha certeza de que as outras vezes que o vira tinham sido alucinações; como um homem poderia estar do lado de fora da janela de um carro em movimento ou na janela do segundo andar de uma casa? Então, disse a si mesma, talvez aquilo também tenha sido uma alucinação. Tinha de ser, não é? Porém, mesmo enquanto tentava se convencer disso, os olhos de Mary continuavam concentrados no fundo da sala, de certa forma esperando que ele fosse surgir de trás de um dos bancos. Mas ele não apareceu.

Mary ficou sentada durante um instante, tentando se recompor e organizar os pensamentos. Ela olhou para os dedos no teclado, mas não tinha mais nenhuma vontade de tocar. Seus olhos se voltaram para onde o caroneiro tinha aparecido. Procurou por ele, mas o homem não estava lá. Depois de passar um tempo sentada e olhando, Mary enfim se recompôs o suficiente para se levantar e andar até os fundos do altar com o intuito de investigar. Tinha quase chegado ao fundo da sala mal iluminada — os olhos examinavam tudo à espera do reaparecimento do caroneiro — quando uma figura saiu do corredor e assustou Mary. Ela deu um pulo e quase gritou, e então percebeu que se tratava de uma mulher mais velha com o cabelo azulado.

"Você está bem?", perguntou a mulher.

"A senhora me assustou, só isso."

A mulher estendeu a mão para cumprimentar Mary.

"Meu nome é Camille Goodling. Eu ajudo aqui na igreja."

Mary a encarou por um momento, confusa, e então apertou a mão dela.

"Eu me chamo Mary Henry."

"Eu sei, estava ouvindo você tocar. Você toca muito bem."

Mary sorriu com sinceridade.

"Obrigada, sou grata por isso."

"Ouvi dizer que você é do Kansas."

"Sou."

"Estamos muito felizes de ter você aqui, Mary."

Mary deu um sorriso amarelo.

"Posso fazer uma pergunta à senhora?"

"É claro que pode."

"Quando a senhora chegou?"

"Deve fazer uns quinze minutos, mais ou menos", respondeu Camille. "Por que pergunta?"

Mary olhou ao redor do altar de novo, mas não viu nada. Então seus olhos se voltaram para Camille.

"A senhora viu alguma coisa, ou *alguém*, aqui atrás?"

Camille lhe dirigiu um olhar estranho, questionador.

"Do que você está falando?"

"Pensei ter visto um homem aqui atrás enquanto estava tocando."

Camille sorriu, concordando.

"O reverendo Downs estava aqui faz pouco tempo. Deve ter sido ele que você viu."

Mary abriu um sorriso e mentiu:

"Com certeza deve ter sido isso".

PARQUE MACABRO

10

Mary estava de pé no fundo do altar, encarando um dos vitrais — uma representação colorida de Jesus pairando diante de seis espectadores em perfeito equilíbrio — havia meia hora quando o reverendo Downs voltou. Ela não ouviu seus passos no carpete e se assustou quando ele perguntou:

"O que você vê?".

Mary se virou e deu um meio-sorriso fraco.

"Nada, para falar a verdade. Só acho que são janelas bonitas."

O reverendo sorriu e olhou para a janela com admiração.

"São mesmo", concordou. Então olhou para Mary, que estava encarando o vitral mais uma vez.

"Quem são aquelas pessoas olhando para Jesus?", quis saber ela.

"Isso foi quando Jesus ressuscitou. Ele está se apresentando diante do povo da cidade para mostrar que está de volta, assim eles podem contar aos outros."

Mary se virou e olhou para o pastor, com a cabeça inclinada de leve.

"O senhor já pensou que talvez Jesus não estivesse morto de verdade? Com o que sabemos hoje sobre ciência e medicina... e se Ele só estivesse dormindo... ou em um estado similar ao coma... e então tivesse acordado? Isso explicaria tudo, não é?"

O reverendo Downs estreitou os olhos enquanto a analisava, procurando não só pelas palavras certas, mas também por paciência. Ele franziu os lábios.

"É claro que Ele estava morto, Mary."

"Mas como podemos ter certeza?"

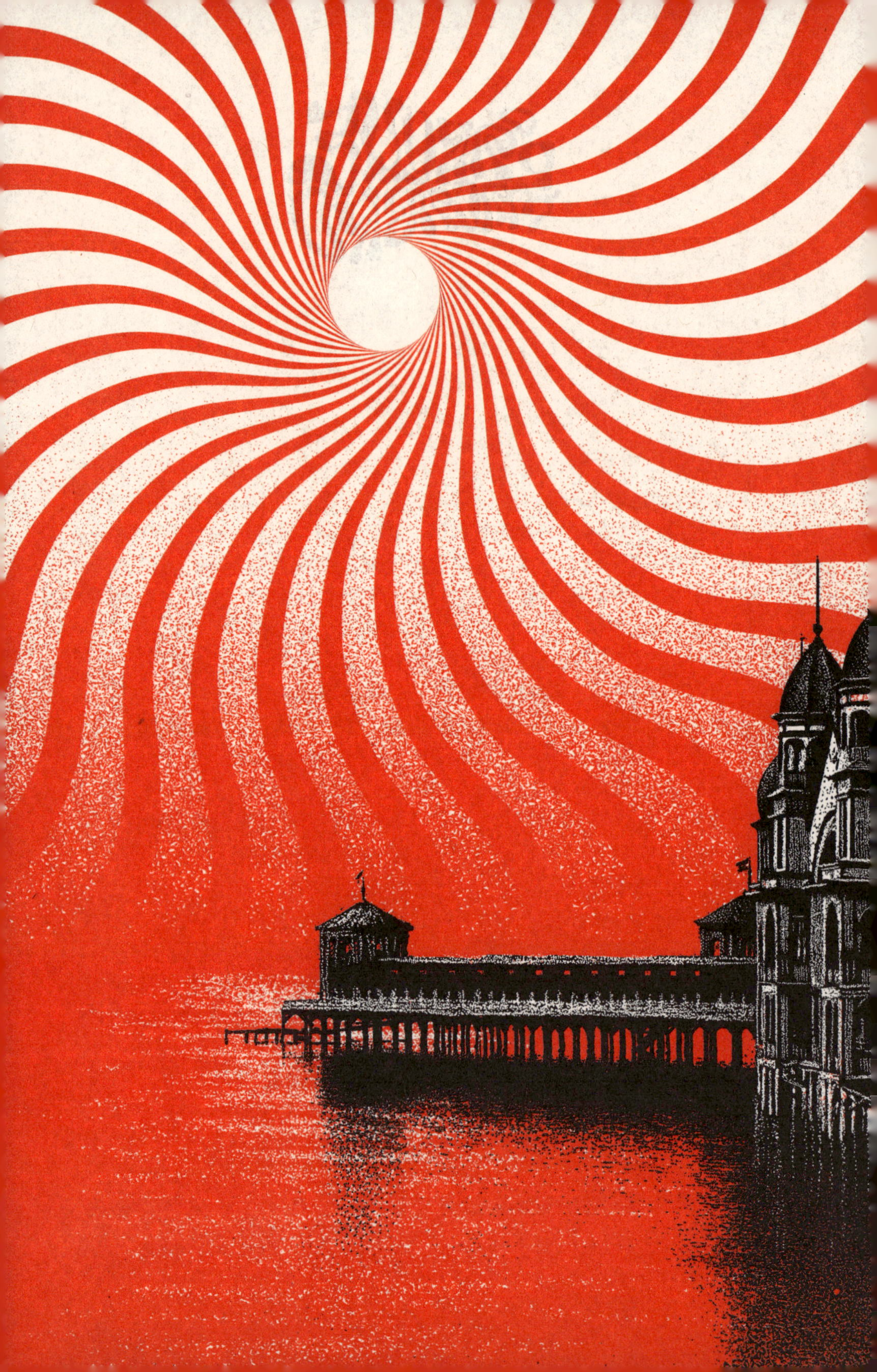

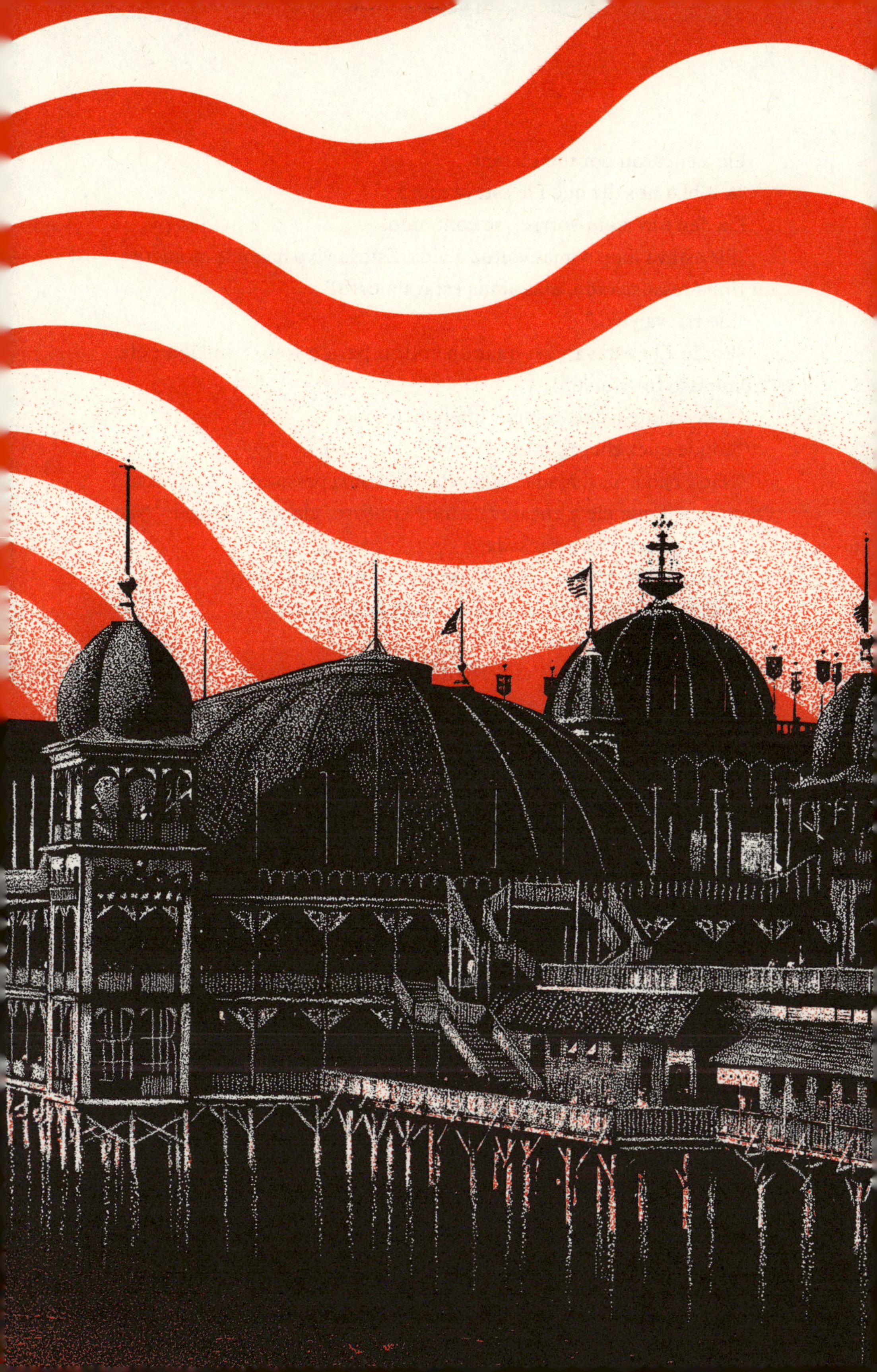

Ele a encarou por um instante.

"A Bíblia nos diz que Ele estava morto."

Ela deu um meio-sorriso, se contendo.

"Ele estava morto, mas voltou à vida. Estava vivo naquele momento, ou tinha ressuscitado, mas ainda estava morto?"

"Ele estava vivo."

"Então Ele estava vivo quando voltou para o Céu?", indagou ela. "Como isso funciona?"

O reverendo a encarou por um bom tempo.

"Aonde quer chegar, srta. Henry?"

"Não é nada, na verdade", falou ela. "Sou uma pessoa curiosa, só isso." Quando viu que ele a encarava, ainda confuso, ela acrescentou: "Não sei. Acho que só estou cansada".

O semblante do reverendo Downs se iluminou de novo.

"Talvez você precise tomar um pouco de ar puro."

"Com certeza deve ser isso."

"Preciso fazer uma visita perto do lago", comentou ele. "Gostaria de vir junto?"

Mary o encarou, as engrenagens de sua mente trabalhando.

"Aquele pavilhão antigo... o senhor conhece?"

"Sim, o que tem ele?"

"Nós vamos passar por ele?", quis saber Mary.

"Sim. Passamos bem por ali. Podemos parar e dar uma olhada, se quiser."

Mary sorriu.

"É um lugar assustador, mas eu queria visitar. Com o senhor por perto, quero dizer."

O reverendo Downs abriu um sorriso.

"Preciso passar no escritório e pegar alguns papéis, aí estarei pronto para sair."

. . .

No caminho, Mary deixou a janela abaixada, permitindo que o ar entrasse. Ela queria desfrutar do clima e pensar, mas o reverendo Downs fez questão de conversar. Estava tentando saber mais sobre ela, fazendo o que parecia ser uma centena de perguntas; todas as comuns para se conhecer alguém. Mary respondeu distraída ao interrogatório, olhando pela janela enquanto o fazia, se esforçando para evitar tudo que não fosse conversa fiada.

"Os seus pais eram religiosos?", perguntou ele.

"Não muito."

Mary ainda olhava pela janela, mas conseguia sentir o olhar do pastor ardendo na nuca.

"Então como você encontrou o Senhor, Mary?", insistiu ele. "O que a levou à adoração?"

Mary fez uma pausa, tentando decidir o que seria melhor dizer. Sabendo que precisava do emprego, mentiu:

"Não tenho certeza. Acho que algo no meu âmago me conduziu a Deus. Algo inexplicável".

Embora não conseguisse ver o sorriso do reverendo, conseguia ouvi-lo em sua voz.

"Às vezes Deus faz isso conosco", afirmou ele com alegria. "Podemos não nos sentir conectados a Ele o tempo todo, mas Ele tem uma conexão constante conosco. Podemos achar que estamos isentos de Deus e de Seus planos para nós, mas nunca vamos escapar. No fim, sempre acabamos bem onde deveríamos estar."

Mary se virou e olhou para o pastor.

"E onde é isso?"

O reverendo Downs sorriu.

"Não tenho uma resposta para isso, Mary. É diferente para cada um. Deus tem um plano diferente para todos nós." Ele fez uma pausa, ainda a encarando. "Você sente que está onde deveria?"

Ela hesitou, sem responder, porque não tinha certeza. Não acreditava em um deus, mas tinha uma noção de que poderia existir um lugar certo para todos, uma trajetória preestabelecida que a pessoa percorreria durante a vida. Ela olhou para o pastor com uma expressão confusa e um olhar ingênuo.

"Não sei."

"Temos um pequeno grupo de oração que se reúne nas noites de quarta-feira. Se estiver livre na quarta, deveria pensar em passar por lá. Poderia fazer bem para você."

Mary fez uma cara estranha. O reverendo Downs não sabia bem o que era, mas tinha quase certeza de que significava que ela não iria.

"Eu vou...", começou ela, hesitando. "Vou pensar."

"Por que você não gosta de estar perto de outras pessoas, Mary?"

Ela olhou para o reverendo como um animal assustado. Mary pensava com frequência sobre o assunto, mas não tinha uma resposta para a pergunta.

"Não sei dizer muito bem", explicou ela. "Só me sinto desconfortável ao redor das pessoas. Sinto como se fosse diferente delas."

"Diferente como?"

"Não tenho certeza", falou ela. "Só... *diferente*."

"Desde quando você se sente assim?"

Mary estava olhando para a estrada adiante. Ela respondeu:

"Sempre me senti assim em certa medida, mas ficou pior".

"Pior?"

"É", confirmou ela. "Desde meu acidente."

"Seu acidente?", indagou o reverendo Downs, com uma expressão confusa.

"Não quero falar sobre isso", avisou ela. "Mas sofri um acidente há pouco tempo. Um acidente em que duas garotas morreram."

O pastor franziu a testa, tentando entender.

"Mas você sobreviveu."

"Sim", afirmou Mary, assentindo. "Eu sobrevivi."

"Talvez esse seja o seu milagre", declarou ele. "Você pensou nisso? Talvez essa seja a forma de Deus dizer que ama você e que você está nas mãos d'Ele."

Mary se virou e olhou para ele.

"Mas e as outras? Ele não as amava?"

O reverendo Downs franziu a testa de novo.

"É claro que amava. Deus ama todos os Seus filhos. É só que Ele tem um plano diferente para você."

Mary mordeu o lábio, encarando-o como uma criança.

"Qual é o plano d'Ele para mim?"

"Não tenho como saber", falou ele. "Isso é entre você e Deus."

Alguns minutos depois, o grande pavilhão surgiu no lado direito da estrada. Mary olhou admirada.

"É um baita de um lugar, né?", comentou o reverendo Downs.

Ela não disse nada, os olhos fascinados pela estrutura. O reverendo Downs seguiu uma estrada pavimentada em péssimas condições que levava ao pavilhão. A construção se avolumava cada vez mais diante deles conforme dirigiam em sua direção. Os olhos de Mary continuavam grudados nela e, aos poucos, ficou de boca aberta.

O reverendo estacionou e desligou o carro. Ele olhou para Mary.

"Vamos sair e dar uma olhada?", perguntou.

"Com certeza", respondeu Mary, ainda encarando a construção.

Eles saíram do carro e caminharam até uma barreira que parecia uma cerca de estacas de grande porte. A barreira, que tinha sido devastada pelo vento e pelas tempestades, estava curvada em vários pontos.

"Esse pavilhão costumava ser um belo espaço", contou o reverendo Downs. "Está abandonado há muito tempo."

"Por que fechou?"

"Dinheiro. O mesmo motivo pela qual tudo que abre, abre, e tudo que fecha, fecha. Olha isso. Gastaram muito dinheiro para construir isso aqui, e imagino que a manutenção fosse cara. No fim, nunca conseguiram recuperar o valor que custava para manter esse lugar."

"Então fechou."

O reverendo assentiu.

"Então fechou."

Mary olhou para ele.

"O senhor pode me levar lá dentro?"

O homem a encarou com incredulidade.

"De jeito nenhum!", exclamou ele. "Não é seguro. É por isso que colocaram essa barreira, por mais frágil que seja."

Mary estava parada admirando o lugar de novo.

"Eu queria ver. Dar a volta nela seria muito fácil."

O reverendo Downs estreitou os olhos e projetou o queixo enquanto tentava entender.

"Qual é o encanto que esse lugar poderia ter para você?"

Mary franziu o cenho, tentando ela mesma descobrir a resposta.

"Não sei. Sou uma pessoa sensata, ou pelo menos tento, mas tem alguma coisa nesse lugar que não sei bem dizer o que é."

"Alguma coisa que lhe atrai a ele?"

"É como um ímã me puxando até ele." Mary olhou para o reverendo Downs, ficando envergonhada de repente ao perceber que devia parecer maluca. Ela deu de ombros. "Acho que talvez só queira me certificar de que o lugar não é nada além do que parece."

O pastor ainda olhava para ela com uma expressão preocupada.

"O que mais seria?"

Mary riu, tentando descontrair o momento.

"Não sei", respondeu ela. "O senhor pode me levar lá?"

O reverendo Downs soltou o ar e olhou para baixo, parecendo procurar pelas palavras ou por força.

"Não, Mary", disse ele. "A polícia interditou o pavilhão. Seria considerado invasão de propriedade. Infringir a lei não seria apropriado para um pastor, não é?"

"Acho que não", concordou Mary, encarando o pavilhão. "Talvez eu possa voltar depois."

O reverendo não ficou entusiasmado com aquilo.

"Podemos ir embora?", indagou ele.

Sentindo-se desanimada, Mary respondeu:

"Claro".

Enquanto o pastor ocupava o assento do motorista, Mary deu uma última olhada. Quando o fez, pensou ter visto a silhueta de um homem em uma das janelas antigas.

Talvez fosse um sem-teto, disse a si mesma. Talvez fosse apenas sua imaginação.

PARQUE MACABRO

11

Mary estava andando pela casa, indo em direção à escada, quando a sra. Thomas surgiu, pelo visto, do nada. A idosa tinha um sorriso largo e bobo no rosto. Ao encará-la, Mary pensou se a sra. Thomas estaria apresentando sinais de demência.

"Ouvi um barulho e achei que podia ser você", falou a sra. Thomas. "Ainda bem que não era um ladrão."

"Tem muito ladrão por aqui?"

A mulher balançou a cabeça.

"Na verdade, não. Nunca fui assaltada." Ela olhou para o nada por um instante, pensativa, então acrescentou: "Uma vez, acho. Mais ou menos".

Mary a olhou, confusa.

"*Mais ou menos* assaltada?"

"Uma vez, quando meu marido Earl ainda era vivo, ouvimos um barulho vindo da porta dos fundos. Foi de madrugada, naquele momento em que nenhuma visita aparece, sabe? Então Earl pegou a espingarda..." Ela fez uma pausa e olhou para Mary. "Earl costumava caçar. Ele gostava desse tipo de coisa." A sra. Thomas então pareceu se recompor e voltou a contar a história. "Bem, Earl desceu até a cozinha e estava escuro. Não tinha nenhuma luz acesa na casa. Mas ele conseguiu ver a silhueta de um homem parado lá. Earl contou que quase teve um infarto na hora."

"E o que aconteceu?"

A senhora sorriu.

"Ele apontou a espingarda para a cara do homem e disse que ia matá-lo ali mesmo. Mas o homem respondeu. Sabe o que ele falou?"

Mary ficou quieta, mas a sra. Thomas continuou a encarando em silêncio, esperando uma resposta, embora fosse impossível que Mary soubesse o que o homem disse. Por fim, Mary falou:

"O quê?".

"Era o irmão de Earl, Jerry. Jerry tinha a chave da casa e esqueceu a carteira aqui durante o jantar. Ele não queria nos acordar, então usou a chave dele para entrar na casa e pegar a carteira. Mas Earl quase atirou nele. E sabe do que mais?" Dessa vez, a sra. Thomas não esperou uma resposta. "Earl deu um susto tão grande no Jerry que ele fez xixi na calça." A sra. Thomas deu a gargalhada sincera de uma mulher mais velha. "Dá para acreditar?"

"É mesmo incrível."

"Você ficou muito tempo na igreja, mocinha", comentou a sra. Thomas. "Passou o tempo todo tocando órgão? Parece excessivo, na minha opinião."

"Não. Dei um passeio de carro com meu chefe novo."

Os olhos da sra. Thomas se estreitaram e a expressão dela assumiu um misto de medo e irritação.

"Esse comportamento não é adequado para uma jovem", recriminou.

Mary riu.

"A senhora não pode esquecer que meu chefe é um pastor bem mais velho!"

A sra. Thomas não sorriu, mas seu semblante relaxou.

"Então acho que está tudo bem. Mas mesmo os pastores… também são homens, sabe. Também estão sujeitos às mesmas tentações que os outros. Já ouvi algumas histórias sobre pastores que deixariam até o mais obsceno dos homens com vergonha."

"Não fiquei com essa impressão do reverendo Downs, de forma alguma. Ele pareceu muito certinho. Muito… sacerdotal."

Mary gargalhou, mas a sra. Thomas, não. Ela apenas avisou:

"Só tome cuidado, certo? Precaução nunca é demais quando se trata de homens desconhecidos".

"Prometo, sra. Thomas, que vou tomar muito cuidado." Com uma cadência na voz, Mary acrescentou: "Sou mais forte do que pareço. Sei me cuidar sozinha".

A sra. Thomas ficou parada, encarando Mary por um momento, como se a avaliasse.

"Você não é uma feminista como aquelas francesas, né?", indagou.

"É claro que não", respondeu Mary, guardando sua opinião sobre o assunto para si mesma.

"Certo, que bom. É preciso ficar de olho em mulheres assim. Em breve, elas vão meter os pés pelas mãos e estragar as coisas para todas nós. Talvez as mulheres não possam fazer tantas coisas quanto os homens, mas não fomos feitas para isso. A Bíblia diz qual é nosso lugar, basta ler. Essa história de feminismo é perigosa."

Mary assentiu, apaziguando-a.

"Tenho certeza de que a senhora tem razão."

Mary colocou o pé no primeiro degrau, com a intenção de subir a escada, e a sra. Thomas perguntou:

"Você jantou?".

"Não, não jantei. Estava ocupada e esqueci."

A expressão da sra. Thomas se iluminou de um jeito que insinuava que ela gostava de cuidar das pessoas. Mary imaginou que provavelmente aquele era um traço residual de seu casamento.

"Bem", falou a senhora. "Eu fiz uns sanduíches, mas..." Ela olhou em direção à escada com uma expressão irritada. "O sr. Linden não se deu ao trabalho de descer para comer. Não sei o que ele faz lá em cima." A sra. Thomas se aproximou de Mary e sussurrou em um tom mais alto do que qualquer sussurro que Mary já tivesse ouvido: "Deve estar cochilando de novo. Juro que esse homem cochila mais do que um defunto".

Mary a interrompeu:

"E os sanduíches?".

"Ah, sim", exclamou a sra. Thomas. "Tem alguns prontos na geladeira. Não é nada demais. Só mortadela com maionese, mas, se quiser, posso levar para você já, já. Também tem café. Você gosta de café?"

"Com certeza."

"Então quer o sanduíche?"

Mary sorriu.

"Parece ótimo, sra. Thomas. Só preciso de um tempinho. Enquanto isso, vou tomar um daqueles banhos que a senhora ofereceu com tanta generosidade."

Ao ouvir as palavras à medida que saíam de sua boca, Mary torceu para não soar condescendente. Ela sempre teve dificuldade com isso. Mas a sra. Thomas nem pestanejou.

"Ah, claro. Pode tomar quantos banhos quiser. Não sou de fazer alarde sobre esse tipo de coisa."

Dez minutos depois, Mary estava sentada dentro da banheira, lendo um livro e aproveitando a água quente. Ela lia *Franny & Zooey* e tentava relaxar quando ouviu uma batida na porta do outro cômodo. Mary suspirou, um pouco irritada, pois presumiu que a mulher lhe daria tempo suficiente para aproveitar o banho. Ela colocou o livro no chão, então estendeu a mão para pegar a toalha, que estava pendurada no cabide atrás da porta do banheiro. Mary ficou de pé e se secou às pressas ao ouvir a segunda batida, um pouco mais forte dessa vez.

Quando se envolveu na toalha, Mary disse:

"Pode entrar, sra. Thomas!".

A porta do outro cômodo abriu um pouco, mas ficou presa pela corrente da fechadura.

"Já vou!", avisou Mary, apressando-se em direção à porta e aproveitando para esconder as roupas sujas no caminho. Ela destrancou a fechadura e começou a abrir a porta. Quando viu um homem parado do outro lado em vez da sra. Thomas, Mary arquejou. "Pensei que era a sra. Thomas!", exclamou.

O homenzinho de aparência untuosa sorriu.

"Não sou a sra. Thomas", afirmou ele. Quando Mary apenas o encarou, cobrindo-se, ele se enfiou pela porta e perguntou: "Não vai me convidar para entrar?".

"Como vou convidar se você já foi entrando?"

O sorriso do homem não titubeou.

"Meu nome é John Linden. Sou seu vizinho do outro lado do corredor. Pensei que talvez pudéssemos nos conhecer um pouco."

"Prazer em conhecê-lo", respondeu Mary de forma sucinta, tentando fechar a porta na cara dele. "Se me der licença..."

John ficou parado, distraído, e Mary não sabia dizer se ele era mesmo distraído ou, o que seria mais medonho, se a ignorava de propósito. Ainda sorrindo, ele observou o corpo de Mary coberto pela toalha.

"Eu estava pensando, se não tiver nada para fazer hoje à noite...", sugeriu ele.

Mary o interrompeu:

"Fique aí fora enquanto me visto".

John deu de ombros e passou pela porta entreaberta, carrancudo, enquanto Mary corria até a cadeira perto do banheiro para vestir o roupão. Conforme se vestia, John se inclinou e a espiou, abrindo um sorriso largo. Quando ela terminou de colocar o roupão, John retomou sua posição original. Alguns segundos depois, Mary voltou.

Ela segurou a porta, mantendo-a aberta e bloqueando a entrada de John, e falou:

"Esqueci de me apresentar. Me chamo Mary Henry".

"É, eu sei", respondeu John com o sorriso se alargando. "A sra. Thomas falou muito de você."

"Ela também falou bastante de você", provocou Mary, e sua entonação indicava que o relato não tinha sido positivo.

"Não quero nem pensar no que ela pode ter dito."

"O que você acha que ela disse? Que você é preguiçoso e dorme o dia inteiro? Que não trabalha e recebeu uma herança? Algo assim?"

John a encarou por alguns segundos, processando a informação.

"Ela disse isso?", indagou.

"Não", rebateu Mary com timidez. "Eu adivinhei."

"Você é engraçada." John pisou na soleira e se aproximou de Mary, colocando a mão na parte superior da porta; estava perto demais. "Ouvi você dizer para a coroa que ainda não tinha jantado", comentou ele. "Como sou um bom vizinho e tudo mais, pensei que talvez quisesse sair para jantar comigo. Talvez pudéssemos nos conhecer melhor."

"Você é bastante confiante, não é, sr. Linden?"

John abriu o tipo de sorriso que indicava que ele achava que era bem mais bonito do que era de fato. Mary imaginou que a herança tenha lhe dado a confiança infundada.

"Acho que sim", respondeu ele. "É que quando vejo uma garota bonita como você, não consigo me controlar. Eu abro a boca e as palavras saem sozinhas."

"Você tagarela."

"Pensei que talvez pudéssemos jantar juntos."

"Obrigada", agradeceu ela. "É muito gentil da sua parte, mas não posso aceitar a oferta."

Sem hesitar, John continuou:

"Sei que ainda não nos conhecemos, mas pensei que, por sermos vizinhos, somos quase família".

"Com licença, sr. Linden."

"Me chame de John."

"Boa noite, sr. Linden."

"Mas... mas...", balbuciou ele, ficando nervoso. "Tem um lugar bacana aqui perto, e sou o tipo de cara que não gosta de comer sozinho."

Ela sorriu.

"Aposto que é o tipo de cara que come sozinho o tempo todo."

"Vamos lá, Mary. Que tal?"

"Desculpe, mas me organizei para comer sozinha no meu quarto essa noite."

"Tudo bem, certo, então talvez eu possa comer aqui com você."

"Como falei, vou comer sozinha, sr. Linden."

Ele ficou parado, com a cabeça um pouco baixa, parecendo uma criança que tinha acabado de levar uma bronca.

"Tá bem, eu entendo", respondeu ele. "Mas se mudar de ideia, estou do outro lado do corredor."

"Garanto que não vou mudar de ideia."

Ele permaneceu no mesmo lugar, desanimado, olhando ao redor em busca de uma desculpa para continuar na presença de Mary por mais um tempo, algo que pudesse salvá-lo; um milagre. Quando não viu nada fora do comum, comentou:

"Aqui parece ser meio solitário".

"Não estou sozinha de forma alguma. Tenho um livro, e isso é tudo de que preciso."

"Qual livro?"

"Boa noite, sr. Linden", declarou ela com frieza.

Enfim, captando a mensagem, John saiu do quarto e Mary fechou a porta. Ela se virou e se recostou na porta, dando uma olhada no quarto. Ele tinha razão; o quarto era solitário.

Mary olhou para a janela, esperando ver o rosto cadavérico e pálido do caroneiro a encarando, mas não viu nada além de um poste. Ficou um bom tempo espiando a janela antes de decidir descer a escada e pedir o sanduíche à sra. Thomas.

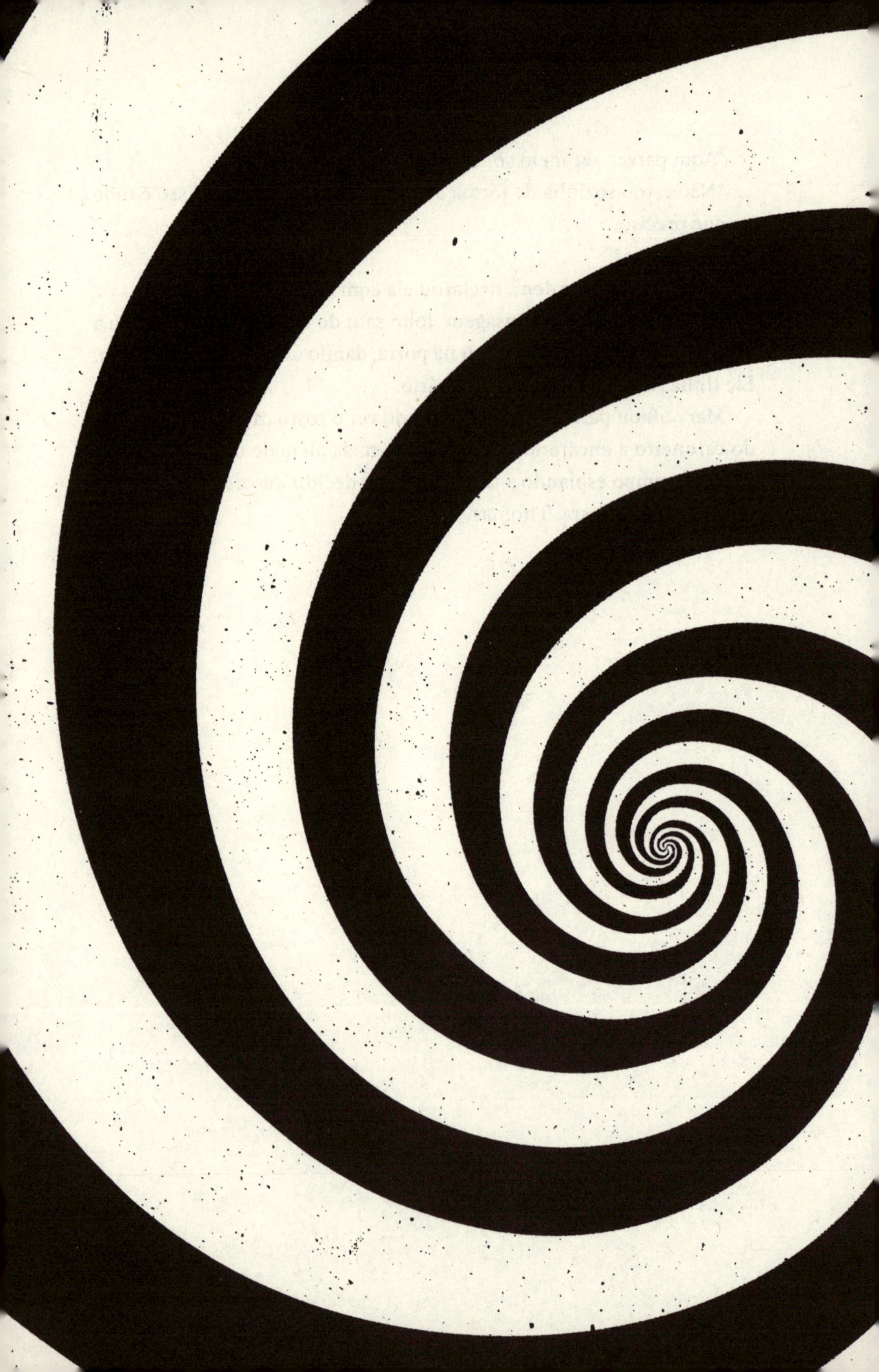

PARQUE MACABRO

12

Mary chegou cambaleando no corredor, sentindo-se zonza, como se estivesse bêbada. A cabeça girava, e ela se sentia perdida. Mary vinha se sentindo assim com frequência nos últimos tempos. Ela fechou a porta do quarto e cambaleou até a escada, totalmente desorientada. Tinha descido dois degraus quando ergueu os olhos e viu o homem parado no pé da escada; *era o caroneiro!* Mary gritou. Queria fugir, mas se viu paralisada por um instante, como se presa em areia movediça, sem conseguir fazer nada além de observar o rosto branco, demoníaco e medonho do homem sorrindo para ela. Os olhos de Mary estavam fixos nos dele, ela estava sem fôlego e seu coração parecia ter parado. Mary não sabia por quanto tempo ficou ali encarando o homem, mas pareceu uma eternidade.

Ela teve dificuldade para falar. Mary queria perguntar quem ele era e por que a estava seguindo, mas não conseguia formar as palavras. Ainda olhando nos olhos dele, teve certeza de que ele conseguia ler sua mente. Então o homem falou.

"Você sabe quem eu sou, Mary", disse ele, com uma voz grave e embargada, a entonação lenta, soando tão assustador quanto a aparência indicava.

Ela tentou gritar de novo, mas o grito ficou preso na garganta, recusando-se a sair. Ao ver isso, o sorriso perverso daquele homem cadavérico se alargou.

"Eu vou atrás de você", avisou ele, subindo um degrau.

De alguma forma, o movimento do homem — *ou foram suas palavras?* Mary não sabia — a descongelou, permitindo que se mexesse.

Ela deu a volta em direção ao quarto e desatou a correr. Enquanto se atrapalhava procurando pela maçaneta, ouviu a voz do homem atrás dela.

"Você não pode escapar, Mary. Você nunca vai escapar!"

Ela ouviu seus passos pesados na escada. Mary o ouviu dar uma risada repleta de prazer diabólico conforme ela entrava no quarto, batendo a porta com força. Ela a trancou com a corrente. Ainda conseguia ouvir os passos pesados do homem fazendo barulho enquanto subia a escada, vindo em direção ao quarto dela. A única coisa que Mary conseguia fazer era ficar parada, encarando a porta e esperando. Apesar do som dos passos ainda estarem no meio da escada, Mary sabia que logo o homem estaria na sua porta.

Ouviu um passo. Então outro. E mais um, então os passos no segundo andar. Um passo. Outro, e o último parando bem na frente da porta de Mary. Ela a encarou, boquiaberta, ouvindo com atenção, mas não escutou nada. Será que ele ainda estava ali? Será que ele esteve ali? Estava brincando com ela? Talvez esperando que abrisse a porta para investigar. Caso ela fizesse isso, e depois?

De repente, a maçaneta girou bruscamente e a porta foi empurrada até ficar presa na corrente da fechadura. A maçaneta girou de novo, tremendo; o homem estava desesperado para entrar. Mary recuou até as pernas encostarem na cama.

Então uma voz soou do outro lado da porta. Uma voz mais suave, mais feminina.

"Srta. Henry?", chamou. Quando ouviu aquilo, Mary percebeu que era a sra. Thomas.

"Sra. Thomas? É a senhora?"

"É claro", respondeu a mulher mais velha. "Quem mais seria?"

Mary foi em direção à porta.

"A senhora está... *sozinha*?", indagou.

"Sim, Mary. Por que a pergunta?"

Mary destrancou a porta e a abriu. Seus olhos arregalados procuravam algo além da sra. Thomas, que estava parada com uma bandeja de comida.

"Pode entrar", falou Mary, soando fora de si.

A sra. Thomas pareceu confusa, mas fez o que Mary pediu. Uma vez que a idosa cambaleou para dentro do quarto, com a bandeja em mãos, Mary correu até a porta e trancou de novo.

A mulher olhou para ela com uma expressão preocupada.

"Você está bem?"

Mary a observou com olhos desvairados, à procura de respostas.

"Quem era aquele homem?", indagou. Conseguia ver que a sra. Thomas achava que ela era louca.

"Que homem?"

"O homem que estava no corredor", falou Mary. "O homem assustador."

A sra. Thomas apenas a encarou. Mary estava ficando fora de si outra vez.

"A senhora deve ter visto. Deve, sim", insistiu.

"Não sei do que está falando", respondeu a sra. Thomas. Então pensou de novo. "Ah, você está falando do sr. Linden! Ele é o homem que aluga o quarto do outro lado do corredor."

"Não, sra. Thomas, não estou falando do sr. Linden. É um homem mais velho, pálido. Um homem de aparência assustadora que parece estar..." Morto. Era isso que Mary queria dizer, mas não disse.

Apesar disso, a idosa falou:

"Por favor, pare. Já tenho muita dificuldade para dormir à noite. Essa casa é tão grande. Dá para esconder um homem em cada canto, literalmente. Agora vou ficar pensando nisso quando for me deitar hoje".

Mary apenas a encarou com os olhos arregalados.

"*Estou dizendo para a senhora, tinha um homem ali!*"

A sra. Thomas não quis ouvir.

"Você não deve falar desse jeito, srta. Henry. Se as pessoas a ouvissem falando assim, quem sabe o que iriam pensar?" A sra. Thomas depositou a bandeja metálica na cama. "Acho que a comida vai lhe fazer bem", acrescentou ela. "Às vezes, quando estamos com fome, a nossa mente nos engana."

"Mas eu vi...", começou Mary.

A sra. Thomas a interrompeu:

"Tem dois sanduíches e um pouco de café. Não beba o café se for mantê-la acordada. Acho que precisa de uma boa noite de sono. Bom, nunca mais vamos falar disso de novo".

13

Mary estava deitada na cama havia um tempo, se revirando, sem conseguir dormir. Dessa vez, quando inclinou a cabeça na direção da janela, ela abriu os olhos, espiando. Meio que esperava que o demônio — foi isso que passou a acreditar que ele era, um demônio — estivesse do lado de fora, olhando para ela. Por sorte, não estava. Tudo que Mary conseguia enxergar era um único poste de luz do outro lado da rua, piscando a intervalos regulares em um ritmo próprio. Mary saiu da cama com os pés descalços tocando o chão de madeira enquanto caminhava até a janela para observar. Não tinha certeza do que esperava ver; ou se esperava ver alguma coisa, para falar a verdade.

Observou as fachadas escuras das casas do outro lado da rua. Não havia nenhum movimento, e o bairro estava envolto em um silêncio sepulcral. Ela suspirou, olhando além do horizonte. Embora soubesse que não era possível ver o antigo pavilhão, que ficava a uns bons 30 quilômetros de distância ou pouco mais, ela com certeza conseguia enxergar a construção iluminada acima de todo o resto. Mary estava certa de que sua mente a enganava, igual a quando mostrava repetidas vezes o rosto do caroneiro para ela. Apesar de ter consciência de que era uma ilusão, Mary encarava do mesmo jeito. Então, por fim, virou-se sem pensar e andou até a porta do quarto. Ela a abriu e viu que o corredor estava escuro e vazio. A casa estava silenciosa. Mary desceu a escada. Não parou em nenhum instante para se preocupar se o caroneiro morto poderia estar ali, esperando por ela. Não, sabia exatamente onde ele estava.

Ela saiu na noite, vestindo apenas uma camisola fina, e fechou a porta. À medida que andava pela varanda, a madeira não emitiu nenhum rangido. Embora visse as árvores balançando, não conseguia ouvir o vento. Não havia nenhum som, o que fez Mary notar que aquilo era um sonho.

Continuou andando. Sabia que estava frio lá fora — frio demais para vestir uma camisola —, mas não conseguia sentir nada. Não conseguia nem sentir o asfalto ou as pedras ou a grama sob os pés descalços. Outro sinal evidente de que se tratava de um sonho.

Mary caminhou por um tempo indeterminado, perdendo a noção de tudo. Não havia nenhum pensamento de verdade em sua cabeça além de andar até o pavilhão. Apenas caminhou, depressa e em silêncio, em direção ao lago. Quando chegou à rodovia, a estrada estava bem movimentada, porém, mesmo que conseguisse ver os carros passando por ela, Mary não conseguia ouvi-los. Ninguém parou ou desacelerou para ver como ela estava. Mas, se o fizessem, qual seria o sentido daquele sonho? Ao perceber isso, sabia que não seria parada. O objetivo do sonho era que fosse ao pavilhão e visse aquele morto assustador de novo. Talvez assim descobrisse do que se tratava tudo aquilo.

Então ela andou.

E andou.

E andou mais um pouco.

Ainda estava escuro quando chegou ao desvio que levava ao pavilhão. Àquela hora, a rodovia estava incrivelmente escura. Quase de uma forma impenetrável. Ela ficou parada na beira da estrada, pisando em cascalho, mas sem sentir nada, e olhou para os dois lados da rodovia. Não havia nenhum carro à vista. Então, com naturalidade, ela virou na estrada que tinha percorrido com o reverendo Downs. Conforme se aproximava, Mary conseguia ver o pavilhão adiante ficando maior a cada passo.

E ela continuou andando.

Tropeçou em uma lata de cerveja jogada na estrada, mas conseguiu se segurar e não caiu. De novo, não houve nenhum som. Ela não parou de olhar para o pavilhão. Mary seguiu andando, indo em direção à grande estrutura assustadora. Era ainda mais medonha à noite. Não tinha nenhuma luz ao redor, então ela via apenas uma enorme silhueta sombria se erguendo majestosa contra o céu noturno que era um pouco mais claro do que a construção. Não havia nenhum tipo de som, e Mary se sentiu deslocada, como se estivesse assistindo a tudo na televisão com o volume no mínimo. Embora estivesse sozinha e soubesse que aquele era um lugar assustador do qual deveria ficar com medo, Mary, de forma inexplicável, não ficou. Olhando para o pavilhão, percebeu pela primeira vez que não havia estrelas no céu naquela noite. Mas o que esperava? Aquilo era, afinal, um sonho.

Quando chegou à barreira frágil, fez uma pausa. Mary esticou a mão e tocou a pintura descascada da antiga cerca de madeira, deslizando a mão por ela, sem sentir nada. Sabia que o vento balançava seu cabelo, mas não conseguia sentir.

Que lugar era aquele? Sem dúvida, havia sido um salão de dança e um parque, mas existia algo além disso? Tinha de existir, pensou Mary. Só tinha. Por que ela seria atraída para ali? Então pensou no assunto. Estava sendo atraída, não? É claro que estava. O lugar era um ímã gigante atraindo Mary em sua direção desde a primeira vez que ela o avistou. E foi nesse momento que um pensamento lhe ocorreu: talvez aquele lugar tenha sido o responsável por fazê-la se mudar do Kansas até ali, para começar. Seria possível? Mary duvidava, mas estava cansada demais (e não sã o suficiente) para pensar melhor.

Com a mão ainda na barreira, olhou para o pavilhão. Mary apertou os olhos, percebendo que conseguia enxergar a janela onde tinha visto o homem a espiando. Era vago, mas ela enxergava. A lógica lhe dizia que estava escuro demais para que conseguisse ver qualquer coisa, mas, mesmo assim, ela conseguia. Não importava se fazia sentido ou não, via a janela e o homem. Aquele homem maldito. Mary forçou ainda mais os olhos, semicerrando-os, e conseguiu enxergá-lo com tamanha clareza como se fosse um dia de sol. O mesmo desgraçado de rosto branco que via com tanta frequência; de pé, perto da janela, olhando para baixo. Ela notou que havia duas figuras tão pálidas quanto o homem ao lado dele. Mary olhou com atenção, tentando distinguir seus rostos, e então viu quem eram. *Eram os pais dela!* Mary não conseguia chorar, não conseguia gritar, não conseguia se mexer. Só conseguia ficar parada como uma tola e encará-los. Todos os três — a mãe, o pai e aquele maldito morto — sorriam para ela. E então, para seu pavor, eles ergueram as mãos e acenaram para Mary.

Não! Não tinha como isso estar acontecendo. Não era possível. E então, em um instante, eles desapareceram. Todos os três. Mary ficou parada, encarando a janela vazia. Olhou ao redor, mas não viu nada além da escuridão. Mary balançou a cabeça em uma tentativa de clarear a mente. Então se virou até a rodovia. Quando o fez, ela se viu cara a cara com o caroneiro sorridente!

"Olá, Mary."

Ele ergueu a mão para tocar o rosto dela...

14

Mary foi acordada por uma cacofonia composta do despertador e de alguém batendo à porta. Ela se sentou e pegou o aparelho. Tentou desligá-lo, mas, em vez disso, jogou o aparelho, ainda tocando, no chão. Balançando a cabeça em uma tentativa de despertar, ela se abaixou e pegou o relógio, desligando o despertador e colocando-o de volta na mesa de cabeceira. A batida na porta perdurou.

Mary se levantou, ainda sonolenta, vestiu o roupão e foi até a porta, destrancando-a e abrindo. Deparou-se com John Linden parado ali, com um sorriso no rosto, segurando algo atrás de si.

"Ora, bom dia!", exclamou ele. Então mostrou o braço que escondia, revelando um bule de café quente e duas canecas. "Ouvi seu despertador", avisou. "Sabia que estaria acordada."

Mary o olhou com curiosidade. Apesar da interação anterior, ela estava sorrindo e não sabia se era devido à atitude alegre de John ou por ele ser um colírio para os olhos depois dos pesadelos que Mary teve.

"Trouxe um pouco de café", declarou ele. "Tudo do que você precisa para começar o dia do jeito certo. Eu faço no meu quarto. Assim não preciso me vestir para ir lá embaixo." Ele pensou sobre isso por um momento e sorriu. "Acho que não funcionou, né?"

"Como assim?"

"Precisei me vestir para vir até aqui de todo jeito", explicou ele.

"Café parece ótimo. É disso mesmo que preciso."

Ele sorriu e foi até o sofá de dois lugares encostado na parede.

"Saindo duas canecas de café!", exclamou, e se sentou para preparar as bebidas, ficando tenso de repente. "Ei", chamou, soando desconfortável. "Acho que você entendeu errado quando apareci na sua porta na noite passada. Peço desculpas. Às vezes, minhas habilidades sociais são um pouco... desajeitadas. Me disseram que não sou bom em ler nas entrelinhas."

"Está tudo bem. Não sou uma pessoa muito sociável."

Ele olhou para Mary.

"Mas hoje está melhor?"

"Como posso resistir ao encanto de uma incitação dessas?"

Ele deu um sorriso desconfortável.

"Olha só para você, cheia de palavras difíceis. Tem gente que não é tão instruída quanto você."

Ela olhou para ele enquanto se sentava.

"Você acha que sou instruída, é?"

"Percebi que é instruída assim que bati os olhos em você. Mas lhe cai bem."

Ele lhe entregou uma caneca de café, e Mary tomou um gole.

"Você não se considera instruído?", perguntou ela, assim que terminou.

"Que nada", respondeu ele com um sorriso tolo, uma marca da alegria dos ignorantes. "Sou só um cara normal que trabalhava em um depósito. O operário comum. Mas aí recebi um dinheiro, então agora não importa." Ele se lembrou de algo e colocou a mão no bolso traseiro, exclamando: "Ei!", e tirou uma garrafinha de uísque dali. "Ainda sobraram algumas doses da noite passada. Quer?"

"Não, obrigada", falou Mary. "Não é o café da manhã recomendado para uma organista de igreja."

Ele sorriu.

"Acho que não é o café recomendado para ninguém." Ele despejou um pouco na própria caneca. "É isso que você faz?", quis saber. "Toca órgão? Eu não fazia ideia de que as igrejas pagavam alguém para tocar o órgão."

"Nem todas pagam. Para a minha sorte, a Primeira Igreja de Deus paga."

Ele deu um gole na xícara e acrescentou:

"Espero que eu não tenha lhe ofendido com o uísque. Não tinha ideia de que você era religiosa".

Ela abriu um sorriso.

"Não é tão evidente quanto eu ser instruída?"

"Bem, na verdade, não."

"Tem um bom motivo para isso, sabe", explicou ela. "Para mim, a igreja é apenas um trabalho."

Ele a encarou por um longo momento, tentando compreender.

"Esse é um jeito curioso de encarar as coisas", comentou.

"Por que diz isso? Consegui um trabalho para tocar órgão, e é isso que faço. Sou muito boa nisso. Por que a minha crença... ou descrença deveria influenciar meu trabalho? Eu faço o que sou paga para fazer, e faço muito bem. Sou uma organista profissional e recebo para tocar, assim como um pianista em um bar."

"Pensar desse jeito não te faz ter pesadelos?"

Mary o encarou, recordando o sonho que teve sobre o pavilhão.

"Estranho você dizer isso", comentou ela. "A minha noite foi longa. Não por esse motivo, veja bem, mas tive uma sensação muito estranha ontem à noite."

Sem prestar muita atenção no que Mary dizia, ele falou:

"A minha noite foi um desperdício".

Naquele momento, era Mary quem não estava prestando atenção. Perdida em pensamentos, ela o aplacou com um "Que engraçado", que exalava indiferença.

Mary estava encarando a janela atrás do sofá.

"O mundo é tão diferente à luz do dia", comentou ela. "No escuro, as fantasias, que costumam se esconder durante o dia, entram em jogo e saem de controle. Mas então o dia nasce e tudo volta para seu lugar. Estamos acostumados a pensar em coisas que se escondem no escuro, mas esse nem sempre é o caso. Às vezes, elas se escondem em plena luz do dia também." Mary se viu ficando mais envolvida e rumando para assuntos que não queria abordar e que John Linden não conseguiria entender, então aliviou o clima ao sorrir e dizer: "Tenho uma ideia. E se a gente só parar de ter noites, de modo geral? Assim não vamos ter mais de nos preocupar".

John interpretou o sorriso dela como um convite. Ele esticou a mão e tocou a caneca que ela segurava em frente ao peito.

"Ou podemos encontrar uma maneira de deixar as noites mais interessantes", afirmou ele, de forma sugestiva.

Mary apenas olhou para baixo, sem dizer nada, e logo ficou evidente que John tinha dito a coisa errada.

Ele sorriu, tentando pensar em algo para aliviar o clima. Quando conseguiu, ergueu os olhos, estabelecendo contato visual de novo.

"Como alguém vira organista de igreja, afinal?", indagou.

"Estudei órgão na faculdade", explicou Mary. "E, acredite se quiser, trabalhei como secretária em uma fábrica de órgãos. Trabalhei lá porque assim podia praticar como se tivesse um órgão em casa, mesmo que não tivesse condições de comprar um."

"Você é uma garota inteligente, não é? Eu poderia ter feito faculdade, sabia? Jogava futebol, e muito bem. Mas não iam deixar que eu só jogasse bola. Queriam que eu frequentasse várias aulas também."

Mary sorriu.

"Eles são assim, né?"

"Sou tão inteligente quanto qualquer um", declarou ele, tentando soar como se não ligasse, mas parecendo na defensiva. "Sou inteligente, mas só quando se trata de assuntos de que eu gosto. Eu nem sempre gostava do que eles ensinavam na escola, entende?"

"Como o quê?"

"Sabe o que eu odiava? Produtos de origem."

"Produtos de origem?"

"Isso", respondeu ele. "Como, por exemplo, os produtos principais do Brasil são..." Quando chegou àquele ponto da frase, ele teve dificuldade para pensar em alguma coisa. Então lhe ocorreu: "*Café!* É, coisas assim".

"Exportação", disse ela. "Você está falando da exportação de bens primários?"

Ele abriu um sorriso sem jeito.

"É, acho que sim. Mas eu não dava a mínima. Tinha outras coisas na cabeça."

"Como o quê?"

"Garotas."

Mary sorriu.

"Parece que o seu interesse nelas não diminuiu nem um pouco."
Ele sorriu de volta.
"Acho que não."
"Eles não tinham uma aula sobre isso?", indagou ela.
"Não", respondeu ele, balançando a cabeça. "Infelizmente, não. Se tivessem, talvez eu tivesse me formado." Ele pegou a garrafa de uísque e despejou mais um pouco no café.
"O que houve?", quis saber ela. "Ainda dá para sentir o gosto do café?"
Ele forçou uma risada como se já tivesse ouvido isso antes.
"Que foi? Você acha que sou alcoólatra? Eu só gosto de começar meu dia de bom humor."
"Ao meio-dia, você deve ser uma comédia."
"Sou apenas um sujeito simples que desfruta dos prazeres da vida", anunciou ele. "Não deixei sua manhã mais alegre?"
Mary deu um sorriso ríspido.
"Esse café era com certeza o que eu precisava nesta manhã."
O semblante de John mudou, e ela conseguiu notar que o homem voltou a agir como um aspirante a mulherengo.
"Eu poderia deixar suas noites bem mais felizes também", sugeriu ele. "Só que você ainda não sabe."
Mary ficou de pé e declarou:
"Vou lavar essas canecas".
Quando ela se levantou, John olhou para baixo.
"O que aconteceu com seus pés?"
"Do que você está falando?", indagou ela, olhando para baixo também. Quando o fez, viu que seus pés descalços estavam cobertos de lama e sangue secos.
Ele ergueu o olhar até ela.
"O que foi isso?", falou ele. "Parece que você esteve perambulando por todo esse mundão de Deus."
Mary sentiu um calafrio percorrer a coluna.

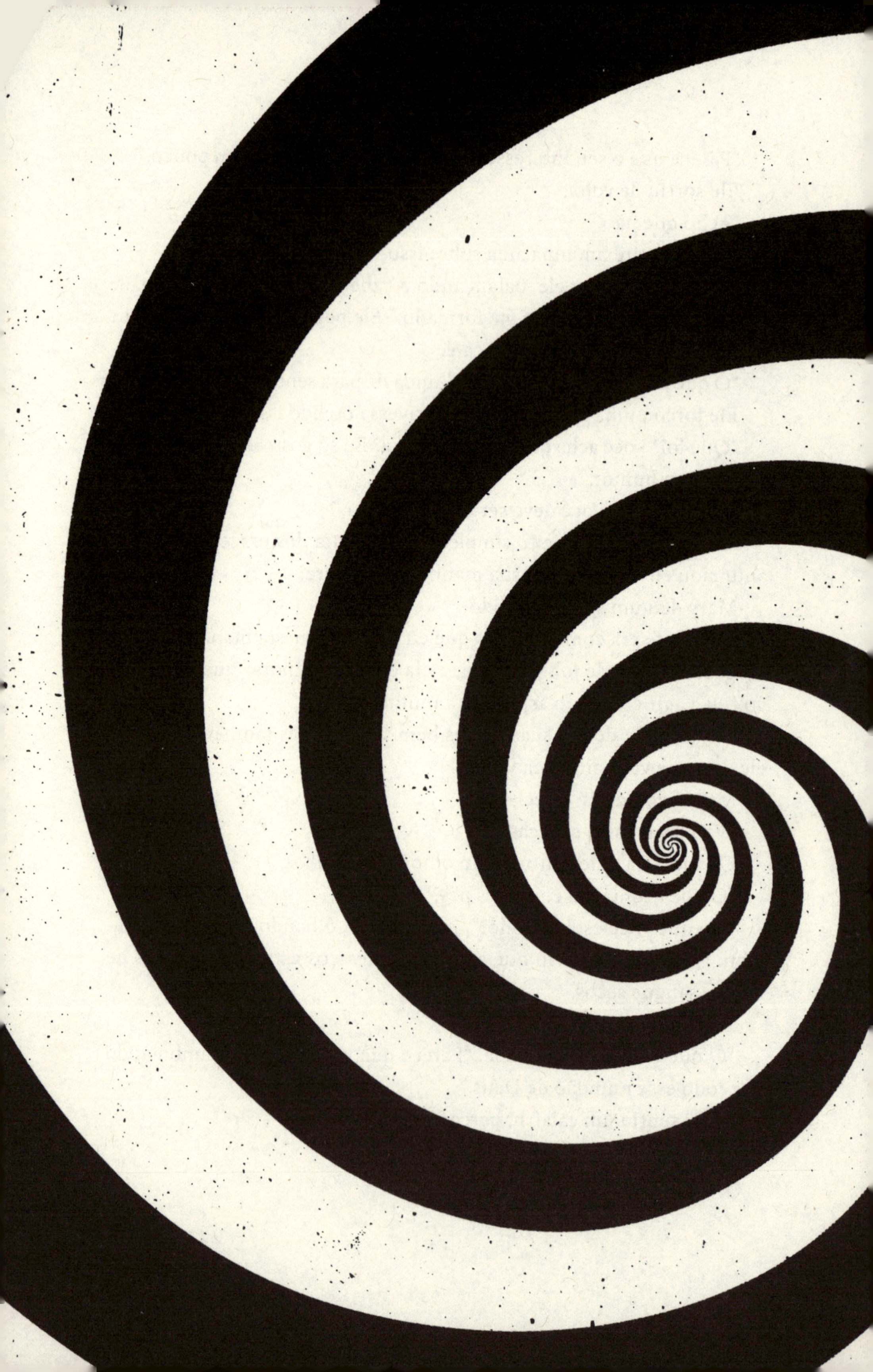

PARQUE MACABRO

15

Mary estava dentro da loja de departamento de Merriweather à procura de um vestido novo. Ela não precisava de um vestido novo e com certeza não ligava para o que os puritanos da Primeira Igreja de Deus pensavam, mas comprar um vestido novo *parecia* certo. Mary sempre foi a pessoa que encarava as "primeiras vezes" da vida como marcos importantes, fossem pequenos ou grandes. Por causa disso, queria um vestido novo para dar início à sua vida nova. Então, ali estava ela, do lado de fora do provador, usando um vestido preto e mostrando à vendedora. Mary deu uma voltinha, sorrindo à medida que girava.

"Fica lindo em você", falou a vendedora. "Como se tivesse sido feito para você. Fica bem equilibrado com a sua pele clara."

Mary sabia que o trabalho da vendedora envolvia fazer com que cada cliente acreditasse que estava incrível em qualquer roupa que provasse, mas ela confiava que a avaliação da mulher estava correta. Mary olhou o próprio reflexo no espelho grande, analisando a si mesma.

"Eu não costumo comprar muita roupa", comentou Mary, ainda se admirando. "Fazer isso parece estranho para mim."

A mulher, que estava de pé atrás dela, também olhando para o espelho, perguntou:

"Por que não?".

Mary se virou para encará-la.

"Na verdade, não sei. Nunca fui de esbanjar ou de sair e comprar coisas caras."

A vendedora olhou para o vestido de novo.

"Trabalho com isso já faz algum tempo. Tempo suficiente para saber quando uma mulher e uma peça de roupa são feitas uma para a outra."

Mary sorriu.

"Nós somos feitas uma para a outra?"

"São, sim."

Mary olhou no espelho de novo, mordendo o lábio inferior enquanto considerava a compra.

"Esse foi apenas o segundo vestido que eu vi. Parece... apressado."

A vendedora encarou Mary.

"Se importa se eu fizer uma pergunta?"

"À vontade. O que foi?"

"Esse vestido combina perfeitamente. Você pode ver com os próprios olhos no espelho. Então, se provasse mais uma dúzia de vestidos, faria diferença? Se, no fim, esse fosse o vestido ideal, o que você conseguiria ao provar todos os outros?"

"Parece muito bonito mesmo, né?"

"Lindo."

"Tudo bem, você me convenceu", admitiu Mary. "Vou trocar de roupa e já volto para pegar o vestido."

A vendedora sorriu com um brilho nos olhos.

"Agora você só precisa de um novo par de sapato para combinar."

Mary abriu um sorriso.

"Eu sei o que você está fazendo. Hoje não. Estou com o orçamento apertado."

"Certo", respondeu a vendedora. "Fica para a próxima, então."

"Sim, na próxima."

Enquanto Mary estava dentro do provador, tirando o vestido novo e colocando de volta as roupas que usava quando entrou na loja, ela pensou no incidente estranho envolvendo a lama em seus pés. Será que poderia ter sido real? Será que tinha mesmo andado até aquele pavilhão besta e voltado para a pensão de manhã? Parecia improvável, mas ela havia visto — *e sentido* — a lama e os cortes nos pés. Era tudo muito peculiar, e Mary não fazia ideia do que pensar a respeito. Ela não se sentia particularmente cansada. Com certeza se sentiria pelo menos um pouco cansada depois de perambular por Salt Lake City a noite toda, não é?

Esses pensamentos a fizeram se lembrar de John Linden. Ele era mesmo um sujeito estranho. Mary queria gostar dele, mas sua arrogância infundada e as cantadas baratas eram exaustivas. E por que ele não ficou mais surpreso ao ver a lama nos pés dela? Além disso, por que a expressão atordoada de Mary pelo menos não o impediu de continuar a paquerando? A mãe de Mary sempre dizia que todos os homens são iguais: setenta e cinco por cento carne, cinco por cento ego e vinte por cento libido. Mary sempre sentiu que aquela descrição era precisa de um jeito doloroso. Ela acreditava que John Linden era igualzinho a todos os outros homens, só que mais intenso.

Mary tentou afastar todos esses pensamentos. Nas profundezas dos recônditos de sua mente estava a probabilidade recorrente que Mary tentava ignorar: de que estava enlouquecendo.

Uma vez vestida, Mary pegou o vestido preto no cabide e deixou o provador. Quando saiu, notou que a loja estava estranhamente silenciosa; tanto que Mary pensou que seria possível ouvir um alfinete caindo. Ela ficou parada por um bom tempo, observando a loja. Tudo parecia normal e o local estava repleto com a agitação de compradores comprando e vendedores vendendo, mas havia algo estranho em tudo aquilo. Mary não sabia bem o quão silenciosa ou barulhenta a loja estava antes de entrar no provador, porque não havia motivo para que prestasse atenção em tais coisas. Mas, naquele momento, o lugar estava tão silencioso que ela conseguia *sentir* o silêncio. Não tinha como ignorar o silêncio ensurdecedor.

E então, de repente, escutou uma série de sons muito altos que sobrepujava todo o resto.

CHICK! CHICK! CHAW!
CHICK! CHICK! CHAW!

O som era tão dolorosamente alto que, sem querer, Mary derrubou o vestido no chão e se encolheu para tapar os ouvidos. Mas fazer isso não contribuiu para diminuir o volume.

CHICK! CHICK! CHAW!
CHICK! CHICK! CHAW!

O som estridente era perpétuo. Depois de um momento, Mary recuperou o prumo e se levantou, tirando as mãos dos ouvidos. O som ainda estava lá, tão alto quanto antes, mas naquele instante ela percebeu que tinha se acostumado um pouquinho com ele.

CHICK! CHICK! CHAW!
CHICK! CHICK! CHAW!

Mary olhou para o vestido jogado no chão, se agachou e o apanhou.

CHICK! CHICK! CHAW!
CHICK! CHICK! CHAW!
CHICK! CHICK! CHAW!
CHICK! CHICK! CHAW!

Olhando para os outros clientes cuidando de seus afazeres como se nada daquilo estivesse acontecendo, Mary se sentiu confusa. Não os incomodava? E, afinal, de onde vinha o som? Mary olhou ao redor, mas não conseguiu discernir a origem. De alguma forma, soava como se estivesse em todo lugar ao mesmo tempo.

CHICK! CHICK! CHAW!
CHICK! CHICK! CHAW!

Mary olhou adiante e viu a vendedora que a ajudou. Ela estava pendurando outro vestido em uma arara. Bom, pensou Mary. Ela iria pagar pelo vestido e dar o fora daquela loja maluca e irritante de tão barulhenta, com todos seus clientes loucamente indiferentes. Ela se aproximou por trás da vendedora.

"Estou pronta para pagar pelo vestido", falou Mary, quando a mulher se virou em sua direção.

Ergueu a roupa diante dela, mas a vendedora não pareceu ter visto nem o vestido, que estava bem na frente do rosto dela, nem Mary. Ela olhou através de Mary.

"*Moça?*", chamou Mary. "*Moça?*"

A vendedora se animou um pouco, obviamente vendo algo atrás de Mary, e começou a se mover com rapidez, passando por ela. Mary foi deixada ali, segurando o vestido, olhando ao redor e tentando descobrir o que estava acontecendo.

CHICK! CHICK! CHAW!
CHICK! CHICK! CHAW!

O som era implacável, repetindo-se vez após vez com o mesmo padrão, sem perder o ritmo.

CHICK! CHICK! CHAW!
CHICK! CHICK! CHAW!

Mary se virou e viu um homem robusto vindo até ela num passo acelerado. O som estava ficando mais alto, e o homem de aparência solene a assustou. Ele continuou vindo na direção dela. Quando estava perto, ficou evidente que o homem não conseguia enxergar Mary, igual à vendedora. No último instante, Mary pulou para longe do caminho dele, evitando uma colisão por pouco.

Que diabo era tudo aquilo?

CHICK! CHICK! CHAW!
CHICK! CHICK! CHAW!
CHICK! CHICK! CHAW!
CHICK! CHICK! CHAW!

Assustada e confusa, Mary abandonou o vestido e começou a sair correndo até a entrada da loja. À medida que ficava mais e mais apavorada, parecia que um sortimento interminável de pessoas — todas alheias a Mary — surgia em seu caminho, prestes a esbarrar nela ou passar por cima dela. Foi para a esquerda, depois para a direita e depois para a esquerda de novo, tentando evitar uma colisão.

Quando chegou à entrada da loja, Mary abriu caminho entre a aglomeração de clientes e vendedores, que cuidavam de suas vidas, totalmente ignorantes.

CHICK! CHICK! CHAW!
CHICK! CHICK! CHAW!

Será que ela estava invisível? Que aquilo era um sonho? Mary não sabia. Estava do lado de fora, sob a luz do sol, cambaleando pela calçada, desviando por pouco dos pedestres.

CHICK! CHICK! CHAW!
CHICK! CHICK! CHAW!
CHICK! CHICK! CHAW!
CHICK! CHICK! CHAW!

O som era enlouquecedor, e Mary percebeu que havia lágrimas em seus olhos, além de lágrimas rolando por seu rosto.

CHICK! CHICK! CHAW!
CHICK! CHICK! CHAW!

Continuou correndo, assustada e confusa, sem saber para onde ia. Será que estava correndo *até* algo ou *de* algo? Mary não sabia, mas continuou correndo. Ficou tão sobrecarregada que perdeu toda a noção de tempo e espaço.

Por fim, conforme percebeu que estava ficando esgotada, Mary viu um chafariz que tinha sido deixado ligado, bem no caminho dela. Quando o alcançou, ela se abaixou para beber um gole da bica. A água estava fria e jorrava forte. Ela fechou os olhos, para tentar se recompor, física e mentalmente, deixando que a água fria seguisse por sua garganta. Quando terminou, Mary começou a se recostar enquanto abria os olhos. Ela então viu que havia um homem de terno parado a alguns centímetros à frente dela, como se quisesse beber da água do chafariz. Conforme Mary foi mais para trás, ela percebeu que era o mesmo caroneiro cadavérico e pútrido que tinha visto — *ou imaginado* — várias vezes. Agora de pé, Mary encarou os olhos sorridentes e ensandecidos e deu um grito alto e lancinante. No meio do grito, Mary desmaiou, tombando na calçada quente com um baque.

PARQUE MACABRO

16

Quando Mary abriu os olhos, ela os ergueu e viu o rosto de vários homens pairando sobre si. Mary apertou os olhos, tentando entender o que estava acontecendo. Seus olhos baixaram um pouco, e ela o viu — *o morto!* — de pé entre os outros. Ele exibia aquele sorriso pavoroso e estava com a mão estendida na direção de Mary, com o dedo indicador curvado, convidando-a.

"Vamos, Mary", falou ele. "Você nunca vai escapar, sabe? É melhor vir logo e facilitar para todo mundo."

Mary arfou e voltou para a calçada. Em questão de segundos, ela se levantou dali e continuou a recuar, meio correndo e meio cambaleando, os olhos fixos no rosto do homem, ainda sorrindo para ela como se guardasse um segredo.

"Vamos lá, Mary", chamou ele. "Você não tem para onde ir."

Quando o homem falou isso, as palavras dele pareceram fornecer uma carga de energia a Mary e aceleraram seu passo. Ela se virou e acabou no meio do trânsito, vendo-se na frente de um carro em movimento. O carro buzinou — talvez outros carros tenham buzinado também, mas ela não tinha certeza — e virou à direita, subindo no meio-fio, desviando por pouco de Mary. Ela desabou na rua de novo. Estava sem fôlego e desorientada. Olhou ao redor para os carros parados a sua volta. Olhou para a multidão de homens observando da calçada, mas não via mais o morto. *Onde ele estava?!*

Então ouviu a voz vindo diretamente de cima dela.

"Vou te ajudar", disse a voz.

Ela ergueu o olhar até o homem... Sabia que seria o caroneiro antes de vê-lo, mas, para sua surpresa, não era. Talvez tenha sido ele que Mary viu antes — não tinha mais certeza —, mas não era mais ele. Era um homem bem-vestido, usando óculos. Ele ofereceu a mão para Mary.

"Está tudo certo, mocinha", falou ele. "Você só está um pouco abalada."

Mary não sabia o que falar ou o que fazer. Agindo por instinto, ela se esticou e segurou a mão do homem, o que permitiu que ele a levantasse. O homem se virou e ergueu a palma da mão na direção do trânsito, parando os carros.

"*Está tudo certo!*", gritou ele. Então se virou para ela. "Você está bem, mocinha?"

Ela o olhou com olhos grandes e estupefatos.

"Eu... eu... *eu não sei*."

"Deixe que eu te ajude", disse ele. "Meu nome é Martin Samuels. Sou médico, tenho um consultório do outro lado da rua." Ele apontou, mas Mary não conseguia se concentrar. "Por que você não vem, descansa um pouco e bebe um copo de água gelada? Posso chamar ajuda, se precisar."

Mary assentiu, mas não falou nada. Estava atordoada, sem conseguir pensar, então deixou que ele a conduzisse pelo braço. Enquanto atravessavam a rua, Mary ouviu um homem vociferar: "*Da próxima vez, presta atenção por onde anda!*". Nem Mary e nem o dr. Samuels deram importância ao homem. A mente dela estava uma bagunça, e Mary apenas olhava para seus pés se movendo conforme caminhavam até o consultório.

O dr. Samuels colocou as mãos nos ombros de Mary e forçou a mulher a olhar para ele.

"Chegamos, mocinha. Pode entrar, sente-se."

O médico abriu a porta e os guiou por uma sala de azulejos brancos; Mary ainda encarava os pés deles. Ela escutou o médico dizer: "Não me passe ligações pelos próximos vinte minutos, Iris". Então ouviu uma mulher — supostamente Iris — responder: "Sim, dr. Samuels".

Logo, eles estavam sozinhos em um consultório, e Mary se encontrava sentada em uma cadeira mais ou menos confortável diante da mesa do homem enquanto bebia água em um copo descartável de papel. O dr. Samuels estava sentado atrás da mesa dele, encarando Mary.

"Foi a coisa mais estranha", contou ela. "Eu estava provando roupas e então, quando saí, não tinha nenhum som. E mesmo assim..."

"Sim?"

Ela olhou para o médico, tentando fazer com que ele entendesse.

"Não havia nada *além* de som", relatou.

Ele franziu a testa.

"Não compreendo."

"De uma hora para a outra, surgiu o som mais alto que eu já tinha ouvido, e parecia estar explodindo de *todos os lugares*, ao mesmo tempo. Eu não sabia dizer de onde estava vindo. Mas os sons comuns, os sons normais de clientes e vendedores, sumiram por completo. Também não era como se estivesse apenas abafado pelo som alto. O som alto era intermitente. Era regular e tinha um ritmo, mas não era um som *contínuo*."

"Humm", falou o dr. Samuels, ponderando. "O som alto, como soava? Como você o descreveria?"

"Não sei. Era ensurdecedor e tinha um ritmo estranho. Ficava... *Chick! Chick! Chaw!* Algo do tipo. Aliás, sim, era isso! *Chick! Chick! Chaw!* Várias e várias vezes, como um ciclo sem fim, só *Chick! Chick! Chaw!*" Ela o olhou com uma expressão confusa, esperando que ele conseguisse entender. "Não é estranho, doutor? O senhor já ouviu esse som?"

Em vez de respondê-la, ele fez outra pergunta:

"Isso se prolongou por quanto tempo?".

"Até eu sair da loja", respondeu ela. "Até onde sei, ainda está acontecendo dentro da loja."

"Então você saiu da loja?"

"Ah, sim", confirmou ela. "Porque era como se ninguém lá conseguisse me ver. Todos estavam alheios à minha presença e andavam na minha direção, mas não conseguiam me ver ou ouvir. E o que era tão estranho quanto é que ninguém parecia notar aquele som horrendo, apesar de ser alto e opressivo."

"Algo assim já aconteceu com você antes?"

"Nem uma vez." Ela o olhou com uma expressão suplicante. "Senti como se não tivesse lugar no mundo. Como se não tivesse um papel no que acontece a meu redor."

Os olhos dele se estreitaram de novo.

"Como assim?"

Mary o encarou. Estava absorta em pensamentos, buscando as palavras. Por fim, desistiu.

"Não tenho certeza, doutor. Quando pensei sobre o que aconteceu, foram essas as palavras que surgiram. Não sei bem o que significam, mas foram as únicas palavras que pareciam servir."

Enquanto Mary contava o que havia lhe acontecido no Kansas, ela se preocupou que o médico pudesse rir ou abrir um sorrisinho malicioso — sempre odiou quando as pessoas riam dela, ou davam-lhe aquele sorrisinho, tentando fazer com que se sentisse boba ou insignificante —, mas o dr. Samuels não fez isso. Pelo contrário, ele fez uma expressão preocupada e girou a cadeira, ficando de costas para Mary, então ela só conseguia enxergar o encosto elevado da cadeira dele.

"O que o senhor está fazendo?", indagou ela.

"Só um instante", pediu o dr. Samuels. "Quero anotar algumas dessas coisas." A cadeira permaneceu virada por um bom tempo, e então ele se virou para ela com uma expressão solene. "Consegue se lembrar de mais alguma coisa?", perguntou. "Algo que você não me contou?"

"Não", respondeu ela. "Essa é a história completa." Depois de ponderar por um momento, Mary olhou para ele. "O que o senhor acha disso?"

"Não tenho certeza", falou ele. "Vou precisar pensar bem a respeito."

"O que tem para pensar?", questionou ela, a raiva se infiltrando na voz. "Aquele homem medonho tem me seguido, aonde quer que eu vá. Ele não me deixa em paz."

"Mas não é tão simples assim, é?"

Mary o olhou com uma expressão confusa.

"Como assim?"

"Você acha que ele existe de verdade?"

"*É claro que ele existe*! Como o senhor pode dizer isso?"

"Pense nos locais onde o viu", sugeriu o dr. Samuels. "Hoje você o viu no parque, mas nenhum de nós o viu. Qual você acha que é o motivo? Ou quando o viu no corredor. Você mesma disse que a senhoria subiu alguns instantes depois, mas ela não o viu, não foi?"

"Aonde o senhor quer chegar?"

Ele se recostou na cadeira.

"Faz menos de uma semana desde que você esteve em um carro que caiu no rio, matando todos que estavam dentro. Como você sobreviveu, ninguém parece saber. Mas essa experiência foi um grave choque emocional."

"Por que o senhor acha que foi um choque emocional?"

"Seria um choque emocional para qualquer pessoa. Sei que você acha que é forte, e tenho certeza de que é, mas esse tipo de coisa seria um choque emocional para literalmente qualquer pessoa, e isso inclui você."

Os olhos dela se estreitaram.

"O senhor acha que eu imaginei tudo isso, não é? Acha que sou maluca."

"Eu não falei isso, e não foi isso que eu quis dizer."

"O senhor fique sabendo que sou uma pessoa competente. Na verdade, sou uma pessoa realista. Não sou dada a imaginar coisas ou acreditar em besteiras."

O dr. Samuels gargalhou.

Ela o encarou.

"*Que foi?*"

"Todos nós imaginamos coisas", explicou ele. "Já ouviu dois homens conversando e imaginou que estavam falando de você? O fato de não estarem não a impede de acreditar nisso. A sua mente tem o maior prazer em preencher as lacunas com pequenos indícios ou palavras quase inaudíveis que parecem se encaixar com perfeição no que imaginamos."

Mary o olhou, tentando decidir o que falar. Antes que pudesse, ele acrescentou:

"Já avistou alguém que conhecia e, quando se aproximou, descobriu que era um completo desconhecido? Ou quando alguém morre e acreditamos de imediato que estamos vendo aquela pessoa em lugares que sabemos que ela não pode estar."

Ela se lembrou de ter visto os pais na janela do pavilhão.

"Não vejo nenhuma relação entre essas coisas", rebateu Mary.

"A questão é: a nossa imaginação nos engana. A sua, a minha, a de todos. Com frequência, nossas mentes tiram conclusões erradas sobre o que vemos e ouvimos. Sem dúvida, podemos concordar nesse ponto."

Mary franziu a testa e olhou para baixo.

"Acho que sim."

"Bom, se essas coisas podem acontecer durante os momentos mais comuns, vá além", propôs o dr. Samuels. "Preste atenção no que pensamos ouvir ou ver quando temos uma febre alta ou depois de um grave choque emocional."

Ela suspirou, enxergando verdade nas palavras dele.

"Só não parece possível que eu tenha imaginado tudo isso."

O médico se recostou na cadeira giratória mais uma vez.

"Diga-me, Mary, esse homem que você não para de ver... ele se parece com alguém que já conheceu? Um conhecido, talvez? Ou seu pai?"

"Não."

"Você tem um namorado aqui ou na sua cidade?"

"Não", disparou Mary. "E não tenho vontade de ter um."

"*Nunca?*"

"É", confessou Mary, erguendo a sobrancelha, surpresa em ouvir as próprias palavras. "Acho que estou surpresa em me ouvir dizendo isso. Mas é verdade. Nunca tive muito interesse na companhia de outras pessoas. Até aquelas garotas que morreram no acidente; elas não eram minhas amigas de verdade. Até meus pais..."

O dr. Samuels se inclinou para a frente e a encarou.

"O que tem seus pais?"

"Eu os amava, óbvio, mas gostava mais de amá-los à distância do que de estar com eles. Não sou uma pessoa muito sociável."

"Você sempre se sentiu assim?"

"Acho que sim", respondeu Mary. "Quer dizer, nunca me interessei em estar perto de outras pessoas, mas agora... menos ainda. Ultimamente, só quero que me deixem em paz."

"Você não quer participar do que as outras pessoas fazem? Não quer compartilhar as experiências dos outros?"

"Parece que não sou capaz de me aproximar das pessoas", explicou Mary. "Acho que eu talvez esteja tentando buscar essas outras coisas, mas não é fácil para mim. Nunca foi, mas agora está mais difícil."

Ele a olhou, pensando por um instante.

"Você se sente culpada por querer essas coisas?"

Mary o encarou, tentando entender.

"Como assim?"

"Não sou um psiquiatra", falou o dr. Samuels. "E talvez esteja me atrapalhando com tudo isso, mas estou sugerindo que talvez essa figura represente algum tipo de sentimento de culpa."

Mary começou a balançar a cabeça antes do médico terminar de falar.

"*Isso é ridículo!*", protestou ela.

"Talvez... para falar a verdade, não sei."

"Bem, de uma coisa tenho certeza", afirmou Mary. "Se minha mente está me enganando, vou dar um basta nisso de uma vez por todas."

"Você é uma mocinha muito obstinada, não é?"

Ela deu uma boa olhada nele.

"Eu sobrevivi, se é isso que o senhor quer dizer. Sobrevivi da outra vez e vou continuar sobrevivendo."

"Aquele pavilhão velho perto do lago", comentou o dr. Samuels. "Por algum motivo, você o associa com tudo isso, não é?"

Mary olhou pela janela, distraída.

"É isso", falou ela, assentindo. "É isso. Eu posso ir lá e acabar com tudo isso agora mesmo."

O dr. Samuels ficou ofegante. Ele ergueu a mão para impedi-la.

"Não vamos nos precipitar", aconselhou ele.

"Se tudo está na minha cabeça", argumentou Mary. "Então posso acabar com isso."

"Talvez. Mas se for até lá, acho que alguém deveria ir com você. Eu não posso sair, mas..."

"O senhor mesmo disse. Sou uma mulher com força de vontade. E agora é a hora de ir. Se necessário, eu vou sozinha."

Mary se levantou e foi até a porta.

"Escute", pediu o dr. Samuels. "Eu não acho..."

Mary abriu a porta e saiu.

PARQUE MACABRO

17

Mary sentiu que tinha recobrado a razão no momento em que saiu do consultório do dr. Samuels. Ela avançou entre os pedestres na calçada com facilidade, tornando-se um deles de novo, e conseguia escutar todos os sons normais de uma rua movimentada ao meio-dia. Ouvia tudo, desde os carros passando às crianças brincando, até o som do salto de seu sapato tinindo na rua. Quando andou em direção a uma mulher que se aproximava, Mary fez questão de atravessar na frente dela para provar que era visível. Ao fazer isso, a mulher arfou e pisou em falso.

"Mil desculpas", falou Mary, fingindo sentir muito.

A mulher resmungou um palavrão, e Mary continuou andando até a loja de departamento onde seu carro estava estacionado.

Uma vez dentro do carro, Mary foi em direção ao pavilhão. Não escutou música e nem fez nenhuma parada. Ela era uma mulher determinada e não seria dissuadida ou perturbada. Logo estava na rodovia, dirigindo até aquela velha e grande estrutura se erguendo contra o céu azul. À medida que se aproximava, Mary descobriu que o pavilhão parecia ter perdido boa parte de sua força. Não parecia tão assustador na luz; parecia decadente e deplorável. Talvez fosse sua decisão recente de dar um fim no domínio que a construção tinha sobre ela, mas Mary não se sentia nem um pouco amedrontada.

Ela saiu da rodovia e adentrou a estrada velha e esburacada que levava ao pavilhão e seus respectivos fantasmas estruturais. Mary encostou o carro perto da barreira e estacionou. Quando saiu dele, ela então enxergou o lugar como algo semelhante a uma cidade fantasma; apenas uma relíquia desolada de dias melhores que ficaram para trás. Ao olhar para o pavilhão, ela o imaginou cheio de vida e agitação. Mas agora só havia lixo e prédios degradados.

Caminhou em direção à barreira com a naturalidade de alguém que caminha por um parque durante um dia de verão. Conforme andava até lá, notou uma placa em uma área coberta no parque que dizia "PIQUE-NIQUES" e "CARAMANCHÃO". Mary olhou ao redor, percebendo que havia uma abertura na barreira. Estava abarrotada com sobras de madeira, como se certa vez alguém tivesse planejado construir ou ampliar, mas tivesse perdido o interesse e seguido em frente. Mary imaginou que era isso que tinha acontecido com todo aquele lugar; fora interessante por um tempo, mas então todo mundo perdeu o interesse e seguiu em frente. Andando pela área entre os prédios, descobriu que era bem maior do que tinha achado antes. Talvez fosse porque ela estivera muito sobrecarregada para prestar qualquer tipo de atenção significativa, ou talvez porque tinha estado muito concentrada no pavilhão para ver o resto. Havia diversos prédios e a área ampla e vasta que os abrigava parecia o espaço geral de um parque de diversões. Ao ponderar sobre isso, ela teve uma visão mais clara do que aquele lugar tinha sido em sua última encarnação: era *mesmo* um tipo de parque de diversões.

Ela andou pelo espaço aberto que lembrava a rua principal de uma cidade fantasma. Não havia bolas de feno quicando ao redor dela, mas, se tivesse, não iriam parecer nada deslocadas. Ela entrou no primeiro prédio pelo qual passou. Parecia já ter sido uma casa maluca, o que a deixou triste ao imaginar que um dia aquele fora um lugar divertido e radiante e agora era um lugar esquecido, vazio e morto. Lá dentro, cruzou uma grande entrada em forma de funil. Imaginou criancinhas se divertindo ao atravessar a passarela cilíndrica, que agora abrigava apenas teias de aranha. Imaginou a música clássica de parque de diversões que outrora devia ter tocado ali, ou pelo menos uma cópia aceitável daquilo. Mary descobriu que imaginar o lugar de uma forma tão alegre ajudava a despojar-lhe de seu poder.

Depois que atravessou o cilindro, ela caminhou pela passarela, passando por quatro tubos compridos pendurados no teto. Ao olhar para eles, Mary conseguia ver que um dia os tubos costumavam ser arremessados uns contra os outros pelas crianças, o que fazia com que ricocheteassem e fizessem barulho. Conforme passava por eles, quase como se combinado, um dos tubos balançou, chocando-se contra os demais e então emitindo uma versão mais discreta e suave do som que ela havia imaginado. Mary ficou parada observando por um momento, pensando em como o tubo tinha se mexido. Decidiu que uma rajada de vento deveria tê-los empurrado, mas quando olhou ao redor não notou nenhuma janela aberta ou quebrada. Resolveu que era melhor não focar nisso e seguiu andando.

Mary continuou olhando ao redor, vendo os resquícios do passado espalhados. Havia lixo, um urso de pelúcia rasgado e sem cabeça, cadeiras quebradas e afins espalhados. Caminhando, chegou a um escorregador enorme e comprido que se estendia a partir de uma entrada no andar de cima. Pensou nas crianças que outrora deviam ter se divertido escorregando no brinquedo. Enquanto estava parada ali, pensando nisso, um colchão — do tipo que as crianças deslizavam sobre naquela época — desceu com tudo pelo escorregador, sem ninguém o conduzindo. Mary se assustou. Conforme observava, o colchão parou bem a seu lado. Ela o encarou por um momento, tentando compreender. Fazia quanto tempo que o colchão estava ali em cima, esperando que o movimento certo o acionasse? Mary imaginou que devia fazer muitas décadas. Então por que escorregara naquele exato momento? Talvez a sua movimentação ao longo do prédio o tenha posto em movimento, disse a si mesma. Porém, ela era mais esperta. Mary estava andando no pavimento. Como o fato de andar sobre um piso de cimento poderia ter feito o colchão descer pelo escorregador? Então considerou o vento impossível de novo; o mesmo vento que tinha concluído ser o responsável por balançar os tubos. Sem decidir diretamente ignorar isso e seguir em frente, algo em seu subconsciente apenas tomou aquela decisão e os pés de Mary começaram a se movimentar de novo, retomando sua jornada pelo prédio abandonado.

Quando ficou satisfeita com a investigação do local, Mary saiu. À medida que caminhava ao longo da lateral do edifício, encontrou uma grande placa pintada com a imagem de duas jovens seminuas com seios grandes. A placa dizia "BANHO DE ÁGUA SALGADA". Mary pensou se aquela havia sido uma atração popular. E isso a levou a questionar se qualquer coisa ali fora popular, considerando que o lugar acabara falindo. Ela parou e se virou, olhando através do espaço aberto no pavilhão, que estava bem à frente. Mary se aproximou da escada de pedra que levava ao edifício.

Ela começou a subir os degraus, olhando em direção à janela onde tinha imaginado ver o homem morto com seus pais. Não havia, é claro, ninguém lá. Ao olhar, notou que tinha uma tela de arame espalhada por toda a janela aberta. Isso a fez ter ainda mais certeza de que não tinha visto pessoas mortas ali. Se tivesse visto mesmo aquela janela, com certeza teria visto a tela. Mary continuou subindo a escada, em direção à entrada do pavilhão. Quando chegou ao topo, constatou que havia um alambrado ao redor da entrada. Sem se deixar abater, Mary descobriu onde ficava o cadeado que trancava a cerca e tentou abri-lo à força. Ela então mexeu no cadeado e percebeu que nem estava trancado. Era seu dia de sorte.

Lá dentro, encontrou um enorme salão de festas. Estava vazio, a não ser por montes abundantes de lixo e entulho, parecido com o prédio do qual tinha acabado de sair. Parada ali, encarando aquele extenso salão, Mary imaginou balões no teto ao lado dos lustres, que ainda estavam ali. Baixou os olhos das luminárias e passou a ver centenas de casais bem-vestidos, dançando, majestosos. Conforme observava os dançarinos imaginários, começou a ouvir música imaginária também. Mary nunca frequentara um salão formal e nunca tinha visto tal festa, então coube à mente criar os vestidos encantadores e a música. Ela sorriu enquanto imaginava tudo aquilo. O lugar não era tão ruim assim. Mary continuou passeando pelo edifício e investigando, mas não tinha muito para ver.

Quando saiu do prédio, foi até um tipo de coreto que ficava na lateral do lago, com vista para a água parada. Notou que o lago estava calmo, sem ondas, o que lhe dava mais motivos para questionar o vento no qual ela precisava acreditar ser o responsável por balançar os tubos e fazer o colchão escorregar. Mary se forçou a parar de pensar nisso. Ficou parada perto da cerca, olhando a água. Apesar de qualquer evidência contrária, Mary continuou tentando se convencer de que o lugar não passava de uma relíquia inofensiva.

Parada ali, olhou para baixo e viu uma moeda velha sobre a cerca. Mary sorriu ao avistá-la, pensando na quantidade de ventos fortes e tempestades que aquela moeda havia enfrentado ao longo dos anos, esperando que ela a encontrasse. Apanhou a moeda e atirou-a em direção ao lago. Ela não assistiu à moeda atingir a água. Se tivesse, teria visto o rosto familiar do morto que a assombrava, estendido debaixo d'água, sorrindo conforme a moeda chapinhava acima.

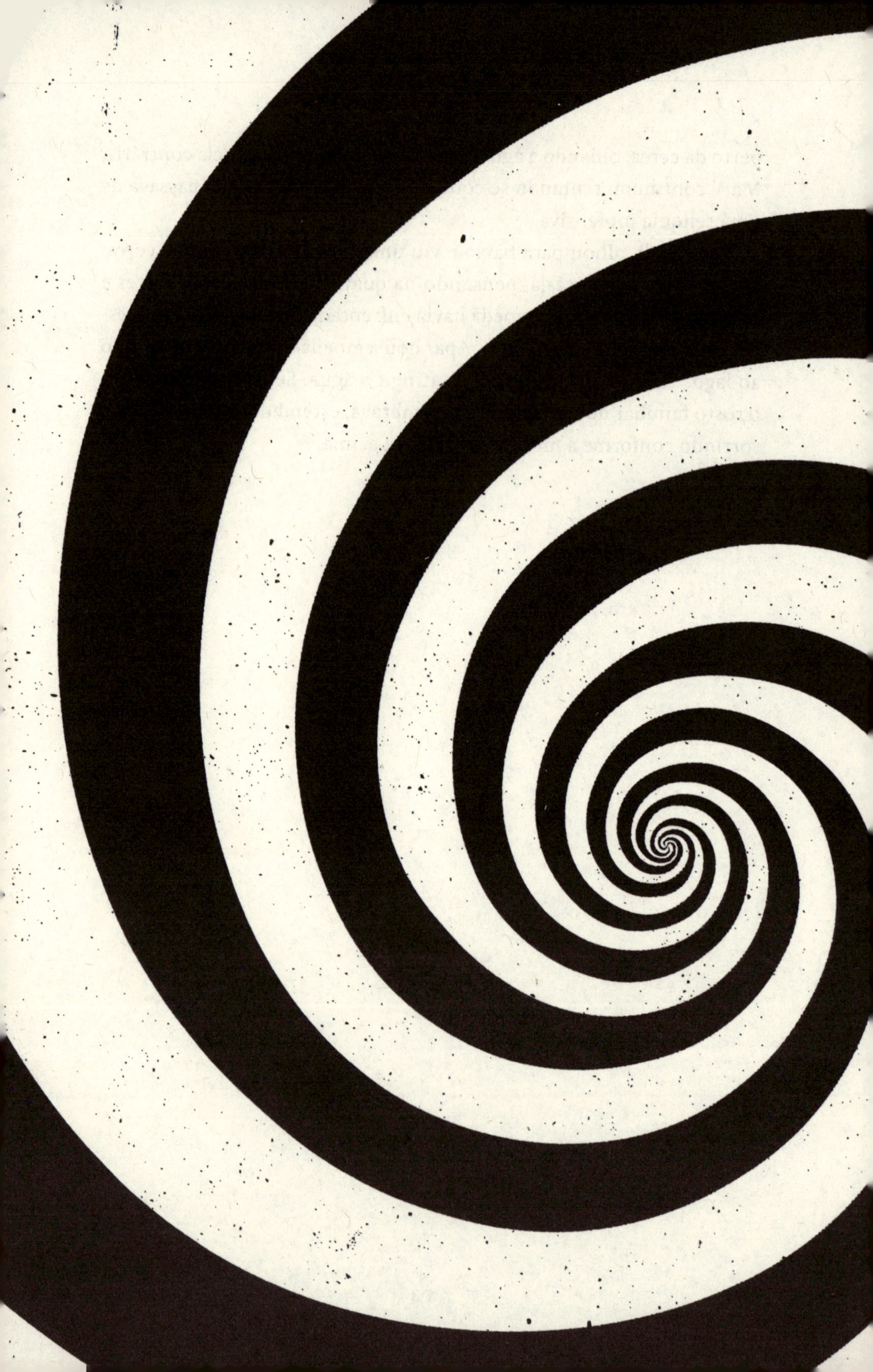

18

Mary se sentia melhor na viagem de volta à pensão. Despreocupada, ligou o rádio e encontrou uma estação que estava tocando "Shop Around", do grupo The Miracles. Era uma das músicas favoritas de Connie. Embora música pop não fosse a especialidade de Mary, havia dias em que até gostava de escutar. Aquela canção em particular a pegou no momento certo e trouxe toda a alegria que uma música pop chiclete pode oferecer. Dirigindo com o vidro aberto e o cabelo ao vento enquanto cantarolava o refrão, Mary agora se sentia a quilômetros de distância do incidente assustador que tinha vivenciado mais cedo. Quando a música terminou, "Peppermint Twist" começou a tocar. Mary não conhecia aquela canção e a achou ridiculamente asinina, mas de toda forma balançou a cabeça no ritmo.

Quando parou o carro na frente da casa da sra. Thomas para pegar algumas partituras que estavam no quarto, Mary viu John Linden sentado na entrada, fumando um cigarro. À medida que Mary se aproximava, ele fez uma cena ao encará-la. Mary sabia que não era feia, mas nunca acreditou que fosse tão bonita quanto John agia como se ela fosse. Ela pensou se de fato ele a via daquela forma ou se era uma técnica que usava para enganar mulheres desprevenidas e fazer com que dormissem com ele. Imaginou que fosse a última opção.

Ele sorriu para Mary.

"Justamente a garota bonita que eu queria ver", disse.

"Não estou surpresa em ver que está fumando", comentou ela.

"Qual é o mal de fumar?"

Ela sorriu com desdém.

"Você é a personificação de um cigarro."

"Não sei o que isso significa."

"Tenho certeza de que não sabe", respondeu ela. "Estou surpresa por não estar dormindo. Afinal, é final de tarde."

Ele se levantou e a encarou nos olhos.

"Talvez eu tenha acordado e me arrumado especialmente para ver você. Quanto aos cigarros, muitas pessoas gostam." John abriu um sorriso, tentando parecer sedutor, e acrescentou: "Muitas pessoas gostam de mim, Mary. Sério, não sou um cara tão ruim assim".

Ela sorriu de modo afetado, brincando com John, e passou direto por ele, indo até a porta e fazendo questão de esbarrar nele de maneira sedutora.

"Só meus amigos mais íntimos podem me chamar de Mary", alfinetou.

Ele ficou parado encarando o traseiro de Mary enquanto ela abria a porta, confuso por conta do que ela havia falado.

"Ainda não somos amigos?", perguntou ele.

Ela se virou, ainda no vão da porta.

"Ainda não tenho certeza do que somos", respondeu. Ela fraseou daquela forma de propósito, usando o pouco charme que tinha para lhe dar falsas esperanças.

John semicerrou os olhos na direção dela.

"O que isso significa?"

Ela lhe lançou um olhar de reprovação, ainda mantendo a porta aberta.

"Vai entrar ou não? Estamos deixando os insetos entrarem, e duvido que a sra. Thomas vá ficar feliz com isso."

John relaxou um pouco, voltou a sorrir e entrou, fazendo questão de esbarrar em Mary da mesma forma que ela havia feito com ele. Enquanto o fazia, os dois ficaram quase colados.

"Quero ser um de seus amigos íntimos", falou John, e deixou as palavras pairarem no ar.

Quando John tinha passado por ela e já estava dentro da casa, recuando em direção à escada, Mary perguntou:

"O que quer de verdade, sr. Linden?".

Ele abriu um sorriso, tentando aparentar tranquilidade, mas parecendo dolorosamente desconfortável. Pela cara dele, Mary conseguia ver que queria dizer algo galanteador, mas, em vez disso, falou:

"Eu não quero levar um fora de novo, entende".

"Ah?", indagou ela. "Como assim?"

"Eu te chamei para sair, e você disse não."

"Disse mesmo."

"Bem, não quero levar um fora de novo."

Mary deu um sorriso malicioso; ambos estavam parados ao pé da escada.

"Bem, um homem sábio deixaria as coisas como estão, sr. Linden", comentou ela.

O sorriso dele se alargou, e Mary percebeu que ele de fato achava que era especial.

"Bem", respondeu ele. "Talvez eu não seja tão sábio."

Ela subiu alguns degraus, passando por ele, e falou:

"Ah, sei bem disso, sr. Linden. *Sei bem*".

Sem saber como reagir, ele fingiu estar magoado, mas Mary não tinha certeza se a atuação de fingimento estava muito distante da verdade.

"Só pensei que talvez pudesse te chamar para jantar", disse ele.

"Nunca desiste, não é, sr. Linden?", observou ela. "Só continua chamando, várias e várias vezes."

John se inclinou para a frente, com o braço esquerdo apoiado no corrimão.

"Prefiro pensar que é persistência."

"Bem, eu acho irritante."

"Sabe, algumas mulheres acham que a persistência é uma qualidade admirável em um homem."

Ela exibiu um sorriso autoconfiante e sugeriu:

"Então talvez devesse falar com uma delas".

"Então isso é um não?"

"Veja bem, sr. Linden", explicou ela. "Eu parei para fazer um lanche antes de vir. Não tinha como saber que iria me convidar."

"O que você comeu?"

Ela piscou os olhos, aturdida.

"O quê?"

"No jantar", falou ele. "O que comeu?"

Ela o encarou com incredulidade.

"Seja como for, essa é uma questão irrelevante, porque preciso ir à igreja e treinar."

John esticou o braço mais acima do corrimão para enfatizar a importância de suas palavras.

"Que tal se eu te buscar depois e a gente for para algum lugar?", sugeriu.

"Para que tipo de lugar?"

"Talvez algum lugar onde a gente possa dançar e se divertir."

"Desculpe", pediu ela, dando meia-volta para subir a escada. "Não sou muito de dançar."

"Ou se divertir?"

Ela apenas sorriu e se afastou.

"Ei, antes de ir", chamou ele. "Você se importa se eu fizer uma pergunta?"

Mary se virou de novo para ele.

"Não vou saber se me importo até ouvir a pergunta."

"O que foi? Você tem medo de homens ou algo assim?"

"Não", respondeu de forma abrupta. "Não tenho medo de homens."

"Você não...", perguntou ele, esticando a palavra. "*Gosta* de homem?"

"Homens são legais, sr. Linden. Só não sinto a necessidade de ter um para chamar de meu. Não há nada que um homem possa fazer por mim que eu não possa fazer sozinha."

Ele encarou Mary, obviamente querendo dizer algo obsceno. John ponderou por um momento e então comentou:

"Talvez só não tenha conhecido o homem certo".

Ela lhe dirigiu um olhar indiferente.

"E ainda não conheci."

"O que aconteceu com você?", quis saber ele. "Foi tão gentil quando levei o café hoje cedo. Mas agora..."

Mary o encarou com um olhar inocente.

"O quê?"

"Está menos gentil", afirmou ele. "Parece *fria*."

Ela olhou para o corrimão.

"Hoje cedo eu precisava de companhia", falou.

"Talvez vá precisar de companhia essa noite", sugeriu ele, em um tipo de tentativa desesperada. Mas as palavras afetaram Mary, e ela se lembrou de como estava assustada no início do dia. Sabia que não queria ficar sozinha naquela noite. "É melhor do que ficar sozinha", acrescentou John como se tivesse lido a mente dela.

E, naquele momento, Mary, a mulher que se orgulhava de não precisar de ninguém e de ser forte, cedeu.

"Sim, é mesmo", disse. Ela permaneceu ali, inerte, por um momento. Então, enfim, virou-se para ele. "Devo terminar lá pelas nove horas. Pode ser, sr. Linden?"

John pareceu surpreso, mas tentou disfarçar, rindo com uma falsa confiança.

"Por mim, tudo bem", respondeu.

Mary se virou e subiu a escada. John Linden ficou no andar de baixo, encarando o traseiro de Mary conforme ela andava e dizia:

"Então te vejo na igreja!".

PARQUE MACABRO

19

Mary chegou à igreja por volta das sete horas. O carro do reverendo Downs já tinha partido. Mary observou a igreja vazia, ficando com medo por um breve instante. Então um pensamento lhe ocorreu: como iria entrar na igreja? Ah, sim, pensou ela, recordando o que o reverendo Downs dissera: "Fique à vontade para treinar quando quiser, desde que não toque depois das nove. Não precisa se preocupar com chave. Deixamos a igreja destrancada". Quando Mary o questionou a respeito, o reverendo Downs respondeu: "A igreja deve ser um lar para nossa congregação, então por que impediríamos que as pessoas acessassem o lar delas?". Sobre isso, Mary perguntou: "O senhor não tem medo de que delinquentes invadam e roubem as coisas ou depredem a igreja?". O reverendo Downs apenas olhou para ela, sorrindo, como se estivesse olhando para uma criança ingênua. "Mary, Deus olha por nós. Precisamos confiar n'Ele. Se alguém invadir a igreja e roubar alguma coisa, eles podem ficar com o que levarem. Com certeza, precisam mais do que nós."

Ela deixou isso para lá sem fazer nenhum comentário, mas pensou que o ingênuo era ele. Mary tinha visto e ouvido sobre vândalos e ladrões que roubavam e quebravam tudo o que quisessem e duvidava que a ameaça de ser observado por um homem invisível que se escondia nas nuvens iria assustá-los mais do que ir para a cadeia. Mary pensou que a ideia era boba, mas aquela não era a única crença do pastor que a fazia se sentir daquela forma.

Caminhou até a porta, abrindo-a. Estava destrancada, como ele tinha garantido. Ela sorriu conforme adentrou, pensando nas crenças peculiares do reverendo Downs de que as pessoas deviam deixar que os outros danificassem ou roubassem livremente o que era deles apenas porque um papai do céu invisível estava observando e colocando seus nomes em uma lista. Aquela última parte também a irritava. Se Deus era capaz de olhar e ver o que os homens faziam, então por que Ele simplesmente não os impedia em vez de guardar punições nefastas para mais tarde? Não fazia sentido para ela, mas, na verdade, nada daquilo fazia.

Mary foi até o altar, que achava especialmente macabro à noite. Não conseguiu encontrar um interruptor, então deixou a porta aberta para o corredor iluminado. Assim, conseguia ter pelo menos um pouco de visibilidade no ambiente escuro. Mary foi até o teclado do órgão e se sentou. Apoiou a partitura na estante, percebendo que não iria conseguir lê-la. Deu de ombros e posicionou os dedos nas teclas, e então começou a tocar clássicos que sabia de cor. Tocou de forma mecânica, ainda soando bem, mas se viu ficando extasiada pela música. Mary olhou para cima, com as pupilas dilatadas e os dedos estendidos. Ela começou a tocar uma música melancólica que não conhecia, sem saber sua origem. Mary nunca tinha composto a própria música, mas a canção era boa, embora sombria e taciturna.

Conforme tocava, ela se perdeu como se estivesse em um transe. O tempo todo, os dedos continuaram tocando a canção misteriosa como se fosse de cabeça. À medida que tocava, Mary viu uma imagem do pavilhão piscar em sua mente. Então outra. E mais uma, todas de ângulos diferentes, todas às escuras. E então, como se fosse mágica, ela olhou ao redor e percebeu que estava dentro do pavilhão, caminhando. Mary olhou para baixo e viu que estava usando um vestido branco e leve, que se mexia suavemente com uma brisa que ela não conseguia sentir. De forma inexplicável, encontrava-se descalça. Estava escuro dentro da construção e, mesmo assim, ela conseguia enxergar. Mary não estava mais sentada diante do órgão, mas a música continuava tocando em seus ouvidos. Era a mesma canção, não menos estranha ou desconcertante do que antes. Mary sabia que isso estava acontecendo e não conseguia entender, mas não parou para considerar como ou por quê. Apenas caminhou sem rumo na escuridão.

Duas imagens consecutivas da área externa do pavilhão surgiram em sua mente. Quando as imagens sumiram, Mary descobriu que sua posição física havia mudado. Estava dentro do coreto perto do lago de novo. Procurou pela moeda na cerca, mas não estava mais lá. É claro que não estava, pensou; ela a tinha jogado na água. Sem se mexer ou se debruçar sobre a grade, ela viu, em sua mente, o morto sob a água. Ele estava no mesmo lugar onde tinha estado quando ela jogou a moeda. Mary não tinha certeza de como sabia disso, mas sabia. Ela continuou a ver a imagem. Os traços pálidos e cadavéricos do homem pareciam ainda mais descorados e translúcidos embaixo da água escura. Então ele abriu os olhos e a fenda imóvel que era a boca dele se transformou em um sorriso medonho e convidativo. Enquanto continuou observando horrorizada, o cadáver — ela não entendia como sabia que ele estava morto, mas tinha certeza disso — começou a se sentar, como Connie tinha feito no pesadelo. Do ponto de vista de Mary, parecia que o homem estava saindo da água e vindo até ela. Ele estendeu a mão, tentando alcançá-la.

Mary arfou. Ela se virou e começou a correr, os pés descalços batendo no concreto frio. Não conseguia ver para onde estava indo, já que tudo à frente estava escuro. A ideia de que poderia esbarrar em alguma coisa passou pela sua cabeça, mas ela continuou correndo mesmo assim. E conforme corria, viu uma imagem na mente. Era a água onde o morto estava, mas de uma perspectiva diferente. A partir daquele ângulo, ela viu dez, então vinte e muitas outras mãos se esticando devagar debaixo d'água. Eram todos cadáveres. Mais uma vez, não tinha certeza de como sabia disso, mas sabia.

Ainda correndo, tudo o que conseguia enxergar era a escuridão adiante. E então outra imagem de um morto sentado na água entrou em sua mente, assustando-a. Era uma menininha. E quando a viu, sorrindo, com o rosto tão branco e medonho quanto o homem que a assombrava, Mary a reconheceu. *De algum modo.* Embora nunca houvesse visto aquele rosto antes, Mary tinha certeza de que era o rosto da filha que ela poderia vir a ter. Sua mente estava atordoada. Como era possível? Como poderia saber quem era a menininha? Estava enlouquecendo?

A menininha estava sentada, toda fora da água, encarando Mary com olhos escuros sem vida. Ela inclinou a cabeça, olhando para a frente. Então falou: "*Mamãe*". Mary gritou, mais uma vez ciente de que estava correndo descalça no completo breu. Naquele momento de compreensão, torceu de todo coração para que esbarrasse em algo com força suficiente para nocauteá-la, assim poderia escapar daquele pesadelo.

Então Mary enxergou outra imagem dos mortos-vivos na água. Viu um homem morto em primeiro plano e o reconheceu como seu tio Donnie, e havia mais dois cadáveres ambulantes ao lado dele na água. Mary apertou os olhos, como se fosse ajudá-la a ver melhor, e percebeu que eram seus pais. De perfil, conseguia reconhecer apenas o penteado familiar da mãe: o mesmo que ela usara desde os 20 anos até sua morte e, pelo visto, mesmo naquele instante.

Mary gritou e se virou, correndo para a escuridão de um ângulo diferente. De novo, estava envolta por completo em trevas e não havia nenhuma aparição. Sem parar de correr, escutou aquele som tenebroso mais uma vez:

CHICK! CHICK! CHAW!
CHICK! CHICK! CHAW!

E então era tudo que existia. Ela não via nada além da escuridão, mas todo o seu mundo era aquele som, por todos os lados, tomando conta de tudo.

CHICK! CHICK! CHAW!
CHICK! CHICK! CHAW!
CHICK! CHICK! CHAW!
CHICK! CHICK! CHAW!
CHICK! CHICK! CHAW!
CHICK! CHICK! CHAW!

Conforme continuava correndo, notou que o órgão ainda tocava aquela música exótica e absurdamente longa, só que mais discreta, logo ao fundo do *CHICK! CHICK! CHAW!* De alguma forma, os dois sons, que pareciam desconexos, se juntaram, acompanhando um ao outro em perfeito uníssono.

CHICK! CHICK! CHAW!
CHICK! CHICK! CHAW!
CHICK! CHICK! CHAW!

CHICK! CHICK! CHAW!
CHICK! CHICK! CHAW!

Mary parou de correr e gritou. Ela se virou, primeiro em direção a fosse lá o que estivesse atrás dela, mas então ela não parou. Em vez disso, Mary só girou e girou insanamente. Sentiu seu fôlego escapando à medida que continuava girando cada vez mais rápido. Enquanto rodopiava, uma imagem apareceu em sua mente. Era a imagem de todas aquelas pessoas mortas, dançando com água na altura da cintura. E então a visão mudou de novo, e de repente os mortos estavam dançando em círculos naquele salão, girando e girando, assim como ela. E todos eles — os cadáveres e Mary — ficavam mais rápidos a cada passo e a cada *CHICK! CHICK! CHAW!*

O mundo estava girando fora de controle, e Mary conseguia perceber. Sentia como se fosse cair no chão a qualquer momento, mas então, em um instante, Mary parou. Ela sentiu a presença do homem morto atrás de si. Não queria se virar, mas sabia que não tinha escolha. Virou-se aos poucos, preparando-se para ver o rosto horroroso e sorridente dele. Antes de ter virado a cabeça por completo, Mary sentiu a mão dele no ombro. Ela gritou naquele instante, assim que o viu...

Mas não era mais o morto que ela via. Era o reverendo Downs a encarando com uma expressão de puro horror no rosto.

Mary olhou para baixo e viu que estava sentada, as mãos ainda tocando aquela música misteriosa. Naquele momento, ouviu a canção com clareza e a reconheceu como a composição mórbida e sombria que era. O pastor sacudiu os ombros de Mary, e ela parou de tocar.

"*Que música é essa?!*", questionou ele com irritação. Mary não disse nada, e o reverendo Downs gritou: "*Essa música não é adequada para a casa do Senhor! Isso é uma aberração! É pecado!*".

Mary só ficou sentada, olhando para o nada e de queixo caído. A expressão do reverendo Downs assumiu um ar de confusão.

"*O que tem a dizer em sua defesa?!*", indagou ele. Mary olhou para o órgão como se estivesse vendo um objeto alienígena pela primeira vez. "*Você não tem respeito?!*" O reverendo Downs gritava. "*Não tem veneração?!*" Quando Mary não o olhou, o pastor continuou falando: "*Eu tenho *pena de você! Da sua falta de espírito! O órgão e essa igreja; essas coisas têm importância para nós, Mary! Quando a contratei, supus que tinham importância para você também!"*. Mary continuou encarando o nada. Isso irritou o pastor, e ele exclamou: *"O que tem a dizer em sua defesa?!"*.

Mary o mirou, olhando bem para ele, enquanto outra imagem piscou em sua mente. Ela mostrava o reverendo Downs, parecendo menos vivaz — ela logo reconheceu que ele estava morto — e se erguendo da escura água salgada. Quando a imagem se dissipou, ela encarou o pastor, abrindo um sorriso doentio, mas ainda em transe.

"Se não consegue respeitar essas coisas ou ter consciência, não pode mais ser nossa organista!", anunciou o reverendo Downs.

Mary ficou de pé e se virou, olhando para além dele, e então se afastou, sabendo que o veria de novo na escuridão

PARQUE MACABRO

20

Ainda atordoada, Mary saiu cambaleando da igreja. Sem lembrar para onde estava indo ou o que tinha planejado, ela se assustou ao escutar a voz de John Linden à esquerda.

"Aí está você, coração", disse ele.

Ela se virou e viu que ele estava na grama, fumando um cigarro.

"Achei que nunca iria aparecer", falou ele. "Aquele pastor amigo seu, ele é uma figura."

Mary olhou para ele, sem dizer nada.

"Ele me deu um sermão", contou John. "Quando descobriu que eu era seu amigo, olhou torto para mim e entrou com tudo no prédio."

Mary o encarou com uma expressão perdida.

"Você está bem?", perguntou ele.

Ela assentiu.

"Vamos embora."

John a conduziu até o carro, e eles entraram no automóvel. Conforme colocava a chave na ignição, ele disse:

"Conheço um lugar bacana. Você vai adorar".

Fazia quase uma hora desde que Mary e John estavam no clube. Havia casais dançando ao redor deles e rock'n'roll tocava no jukebox. John já estava na terceira cerveja, mas Mary não tinha tocado na primeira. Ela estava começando a irritá-lo.

"Qual é o seu problema?", perguntou ele.

Ela o encarou com aquele olhar embasbacado de novo.

"O que foi?"

"*Onde você está?*"

Ela não entendeu.

"Estou aqui com você."

"De corpo, talvez, mas de cabeça está em outro lugar, e você esteve lá a noite toda. Não entendo. Eu te trago até aqui e gasto dinheiro com você, tento ser seu amigo, e você só fica sentada aí, parecendo triste e sem falar nada. O que quer de mim?"

Mary olhou para ele com uma expressão apática.

"Como assim?"

"Você não gosta de mim?"

Ela o encarou, confusa.

"Você nem sequer gosta de música, né?", insistiu John.

"É claro que gosto."

"Não, não gosta. Você não gosta de nada. Não gosta de dançar..." Ele olhou para a garrafa de cerveja, ainda cheia, sobre a mesa. "Você nem mesmo gosta de cerveja, né?"

"Não sou muito de beber", explicou ela.

"Teria sido legal dizer isso antes de eu ter comprado para você. Cervejas não caem do céu, sabe? Não são de graça."

"Desculpe", pediu ela, encarando-o com olhos tristes.

Agora que estava meio bêbado, John se aproximou com agressividade.

"Você não gosta de nada, né? Você nem gosta que um homem a abrace."

"Eu não falei isso."

"Não, não falou. Porque você não fala nada."

Ela olhou para a mesa com uma expressão melancólica.

"Desculpe por não ter sido uma boa companhia."

John riu.

"Boa companhia? A sua companhia é o mesmo que *nada*. Como eu falei, você nem está aqui! Não entendo. Você foi simpática comigo essa manhã, e agora, bem... você só está sentada aqui, toda *taciturna*... acho que essa é a palavra, taciturna."

Ela encarou os olhos de John, concordando.

"Essa é a palavra."

Isso o aborreceu ainda mais.

"*Então você está taciturna!* Eu sabia! Por que está taciturna? O que aconteceu para ficar taciturna? Eu não sou um cara ruim, e estou prestando atenção, tentando ser seu primeiro amigo na cidade. Mas e daí? Você não gosta de mim." Ele desviou o olhar, revirando os olhos com raiva.

"Eu gosto", respondeu ela. "Gosto de você."

"Tem certeza disso?"

"É claro que tenho."

John levou a mão ao bolso e tirou alguns trocados.

"Fique aí e decida se gosta ou não. Pense no que quer fazer. Eu já volto. Vou colocar umas músicas para tocar no jukebox."

Ele se levantou e olhou para Mary. Aquela era a vez dele de ser frio. Ele pegou a garrafa e foi embora.

Quando John se aproximou do jukebox, viu Chick Gannon diante do aparelho, olhando para a seleção de músicas. Naquele instante, "Will You Love Me Tomorrow", das Shirelles, começou a tocar. Chick se virou para ficar de frente para John, como se, de alguma forma, tivesse sentido que ele estava ali.

"Guarde o seu dinheiro, parceiro", avisou Chick. "Ainda tenho doze músicas para tocar."

John olhou para ele e assentiu.

"Faz sentido. Que sorte a minha."

Chick colocou o braço ao redor do ombro de John e olhou para Mary, que estava sentada à mesa.

"Parece que está tudo certo com a sua sorte. Ela mordeu a isca, Johnnyzinho. Quem é ela? Quem é a boneca?"

John sorriu.

"Ninguém que você conheça, Chick. Ela é boa gente. E inteligente. Não é como as piranhas que você conquista."

Chick ignorou o que ele disse.

"Você nunca me falou dessa", comentou, sorrindo. "Estava escondendo de mim. Ela não é o tipo de porca que você costuma arrastar por aí."

John se virou para Chick e cutucou o peito dele com o dedo. Naquele momento, era a bebida que estava falando.

"Pode parar de lamber os beiços, parceiro", declarou John. "Ela não é para o seu bico."

"Ela não deve ser classuda desse jeito se está com um trambolho feito você."

John abriu um sorriso malicioso.

"Sei lá, Chick, por que não pergunta para a sua mãe? Ela é classuda?"

Chick levou na brincadeira e começou a andar até Mary.

"Acho que vou ver com meus próprios olhos", falou.

John estendeu a mão e agarrou o braço de Chick, puxando-o para trás.

"Deixa disso, Chicky. Tenho algo planejado e não quero que você estrague tudo."

"Tudo bem, tudo bem", respondeu Chick. "Então vou falar com ela e te ajudar a conquistá-la. Vou te ajudar."

John aproximou seu rosto do de Chick e sua postura assumiu um ar mais sombrio e ameaçador.

"Não, não vai. Não quero que ela saiba que conheço cretinos como você."

Chick olhou para ele com uma expressão confusa.

"Você acha que é melhor do que eu, não é?", indagou.

John sorriu com desdém.

"É claro que não acho isso. Eu *sei* que sou melhor do que escória como você." Ele deu um tapinha no ombro de Chick e voltou para a mesa, deixando-o para trás.

Quando John chegou à mesa, Mary parecia alegre e sorridente de novo, como se nada tivesse acontecido.

"Encontrou algum conhecido?", perguntou ela. A voz estava animada. Animada demais.

De repente, John percebeu pela primeira vez que odiava a voz dela. Como não tinha ouvido Mary falar tanto, não havia notado. John decidiu que não queria mais saber da companhia de Mary, mas tinha chegado até ali, então persistiu.

"É um cara da faculdade", explicou John. "Ele é um palerma de marca maior. Ninguém gosta dele."

"Então por que estava falando com ele?"

John sorriu.

"Ele, bem, me falou dessa garota que quer me conhecer. Uma gatinha. Ele queria que eu a conhecesse essa noite."

"E o que você falou para ele?"

Esquivando-se em seu assento, bêbado, ele se aproximou de novo e sorriu.

"Eu falei: 'Por que eu faria algo assim quando tem uma moça linda na minha mesa?'." Ele abriu um sorriso largo, tentando fazer com que parecesse verdadeiro. Mary não se abalou e fez uma expressão estranha, desviando o olhar. John tomou outro gole de cerveja. Então disse: "Parece que você não gosta muito da minha companhia".

"Isso não é verdade", rebateu ela, enquanto seu corpo dizia o contrário. "Agradeço muito por ter me chamado para sair essa noite." Mesmo bêbado, John conseguia ler a linguagem corporal de Mary e entender que ela não estava interessada nele. "Eu teria tido uma noite terrível se não tivesse me trazido até aqui", acrescentou ela.

Ele sorriu e entregou a garrafa de cerveja para Mary.

"Então faça parte da festa. Beba para tirar o atraso."

Mary tomou um gole e fez uma cara de nojo. Isso irritou John, que explodiu de repente.

"Eu paguei caro por isso! Não é veneno, sabia?"

Mary parecia um filhote magoado tentando reconquistar o carinho do tutor que tinha acabado de lhe dar uma bronca.

"Desculpa se eu te irrito", pediu ela.

John se inclinou na direção dela e declarou:

"Eu não te entendo mesmo. Primeiro, você me rejeita. Não tem problema. Isso é ter classe. Como se você tivesse algo que vale a pena possuir e estivesse guardando isso, fazendo com que eu me esforçasse. Mas agora tudo que eu digo é bom. Você é como um rato. Dá para ver que não quer ficar comigo, mas fica dizendo que quer".

"Ontem, eu não me importava", explicou ela. "Mas, esta noite, eu quero ficar com você."

John podia ver que ela estava à beira das lágrimas. Ele olhou para Mary com descrença.

"Comigo? Ou com *qualquer um*."

"Não", rebateu ela. "Com *você*."

Ele ainda não acreditava em Mary, mas não ligava mais. A intenção tinha mudado, mas o objetivo para a noite continuava o mesmo. Ele estendeu o braço por cima da mesa e colocou a mão sobre a de Mary. Quando viu que ela estremeceu, ele recuou, participando do jogo, enxergando então uma forma de mexer com ela.

"Acho que vou te deixar em paz", falou ele, pois entendia então que ela precisava de companhia. "Ficar sozinha é o que você quer."

"Não", retrucou ela, implorando. "Eu quero mesmo ficar com você. Não quero ficar sozinha esta noite. Quero ficar perto de você."

E, naquele momento, John sabia que a tinha fisgado. Ela era uma marionete em suas mãos, e ele planejava se aproveitar disso ao máximo. John segurou a mão de Mary mais uma vez. Ela não falou nada. Ele a trouxe para perto do rosto e beijou os dedos de Mary. John a olhou e viu que ela estava enojada. Mas ela estava em suas mãos. Se era assim que a levaria para a cama, então que fosse. Faria o que fosse preciso para chegar aos finalmentes.

John se levantou e segurou a mão de Mary, fazendo-a ficar de pé.

"Acho que está na hora de voltarmos para o seu quarto para você provar o quanto quer ficar comigo."

PARQUE MACABRO

21

Estavam no carro de John. Mary estava dirigindo porque ele estava bêbado demais para fazer com que chegassem com vida em casa. No início, a mão-boba de John estava em todo o corpo dela e Mary precisou bater nele, mas agora ele estava sentado, com um lenga-lenga sem fim.

"Por que você acha que ela é chamada de sra. Thomas?", indagou ele.

"Como assim?", perguntou Mary, com os olhos ainda fixos na estrada.

"O marido dela morreu, então isso não faz dela a *senhorita* Thomas em vez da *senhora* Thomas? Você que é a sabichona com instrução por aqui, como fica me lembrando. Então, o que acha?"

Mary suspirou.

"Senhorita não é apropriado nessa situação", explicou ela. "Seria senhora ou dona. Ambos seriam apropriados, mas senhorita, não. Muitas viúvas mantêm o título de senhora."

"Por quê?"

"Elas querem honrar os maridos."

"Para mim, não parece certo", afirmou John. Ele estava virado em seu assento, encostado na porta, olhando para ela. "Tem um livro sobre esse assunto? Como é que você sabe disso? Você teve uma aula na faculdade sobre senhorita e senhora?"

Ele riu do próprio comentário, mas Mary o ignorou.

"Qual é o problema?", questionou ele. "Você não gosta de mim?"

E seguiram naquele assunto por alguns minutos, ambos repetindo variações das mesmas frases. Quando chegaram à casa da sra. Thomas, Mary precisou ajudar John, que estava bêbado e cambaleando. Ela tentou fazer com que John se calasse, pois ele estava falando alto demais. Quando Mary conseguiu acalmá-lo, ele tropeçou na escada e então ficou sentado, rindo. Mary o ajudou a se levantar e o conduziu até o quarto dele.

Ele olhou para Mary, tentando ser sedutor. John não conseguia ser sedutor quando estava sóbrio, então não tinha a mínima chance de conseguir agir assim naquele momento.

"Você não vai ficar?", perguntou ele, gaguejando.

"Hoje não", respondeu ela. "Acho que vou para o meu quarto."

Ela o deixou encostado na parede enquanto ia até o próprio quarto. Começou a destrancá-lo e, de repente, John a apalpava. Ele apoiou o braço na parede, aproximando-se dela.

"Coração", chamou ele. "Você não quer ficar aí sozinha, né? Aí dentro é escuro e solitário." Ela abriu a porta para o quarto, que estava às escuras. "Você não precisa ficar sozinha essa noite", insistiu ele. "Me deixe ficar com você."

Os dois estavam parados no vão da porta. Ele pressionou o corpo no dela e começou a beijá-la. Mary o empurrou e disse apenas: "Não". Ela se afastou e entrou no quarto. John insistiu, as mãos se movendo, frenéticas, e deu um beijo molhado nela.

Mary estendeu a mão até o interruptor e acendeu a luz. A luminosidade forte preencheu o quarto como mágica, fazendo o John do Mal desaparecer com a mesma rapidez que afetaria um vampiro. Talvez a luz o tenha feito perceber exatamente o que estava fazendo, pois de repente ele parecia ciente de que tinha se comportado mal.

John foi até Mary, colocando a mão na bochecha dela, sendo gentil dessa vez. Aproximando-se, falou em um tom suave e ferido.

"Você saiu comigo. Então deve gostar um pouquinho de mim."

Ela se afastou de John com tudo, fazendo-o tropeçar para a frente. Ele ficou ali parado, sentindo-se decepcionado, olhando para Mary com ânsia e raiva na mesma medida. Distraída por tudo aquilo, Mary andou até o outro lado do quarto, até a penteadeira, e se debruçou sobre o móvel, de cabeça baixa, tentando encontrar forças. Enquanto estava assim, John foi até ela, aproximando-se por trás. Ele se inclinou e começou a beijar a nuca dela.

Mary suspirou e virou a cabeça, tentando se esquivar das carícias. Estava cansada de lutar contra ele. Sua cabeça estava pendendo para o lado, e John continuou beijando seu pescoço. Mary abriu os olhos e olhou no espelho à frente, vendo John atrás de si. Mas o rosto não era o de John — *era o rosto do morto!* Ao vê-lo olhando de soslaio para ela no espelho, Mary gritou e se virou, afastando-o. Quando o fez, percebeu que o homem era mesmo John. Será que ela havia visto mesmo o morto, ou tinha sido John o tempo todo? Não sabia. Mary apertou as laterais da cabeça, encarando John, e começou a hiperventilar. Tudo aquilo era demais para ela.

John foi até Mary, encarando os olhos dela.

"Qual é o seu problema? O que está acontecendo?" Quando ela não respondeu, ele perdeu a paciência e rosnou: *"Qual é o seu problema?!"*.

Mary estava histérica, agarrando a própria cabeça e olhando ao redor com medo, os olhos grandes e redondos, procurando pelo morto.

"É aquele homem", respondeu ela. *"Ele está atrás de mim!* Ele sempre está atrás de mim! Para onde quer que eu vá, ele está lá! *Ele sempre está lá!"* Ela agarrou o braço de John, desesperada, os olhos implorando. "Você precisa pará-lo! *Ele está atrás de mim!"*

John a empurrou para longe.

"Me solta!", exclamou.

Ele começou a se dirigir até a porta, e Mary pediu:

"Por favor, não vá embora!".

Ele se virou e olhou para ela com raiva.

"Eu não, querida!", retrucou. *"É disso que eu preciso, me envolver com uma doida de pedra que tem um parafuso a menos!"*

Ele disparou em direção à porta, decidido a não ser detido. Mary ficou atrás dele, vendo-o partir.

"Não quero ficar sozinha!", gritou ela, escorregando até o chão.

John saiu e bateu a porta, deixando-a no quarto. Mary começou a hiperventilar mais uma vez. Ela segurou o cabelo. Os olhos percorriam o quarto com medo enquanto tentava recuperar o fôlego.

Então ela se levantou, ainda respirando com dificuldade.

"Preciso me salvar", afirmou ela. "Preciso".

Mary foi até a penteadeira e começou a arrastar o móvel pelo chão de madeira, uma descarga de adrenalina lhe dando uma força recém-descoberta. Ela puxou a penteadeira, ajustando-a para que o móvel bloqueasse a porta. Então Mary rodopiou e foi até a janela, fechando-a e trancando-a. Fechou as janelas e se encolheu no chão, chorando sem parar.

"Não", declarou ela, falando sozinha. "Ele não vai me pegar... não vai."

PARQUE MACABRO

22

O dr. Samuels andava pensando tanto em Mary Henry que não conseguia dormir. Ele levantou da cama por volta das 6h, depois de uma longa noite em claro. O médico seguiu com sua rotina normal, fazendo a barba e comendo Malt-O-Meal no café, mas sua mente permanecia na mulher. Quando contou à esposa, Phyllis, sobre ela, Phyllis brincou que ele estava focado em Mary Henry porque tinha uma queda por loiras. "Ela *é* loira, não é?", indagou a esposa de cabelo castanho, em tom de brincadeira. Para aquela pergunta, ele respondeu com timidez que sim, mas insistiu que aquele não era o motivo. "Sempre é uma loira", observou ela. Então o dr. Samuels revelou à esposa: "A verdade é que estou preocupado". Quando Phyllis perguntou o porquê, ele respondeu: "Tenho medo de que ela faça mal a si mesma, ou aos outros, ou ambos. Não quero ter esse peso na consciência".

Ele então foi ao consultório com uma hora de antecedência e pegou o endereço de Mary Henry. Em seguida, foi até a casa de Mary para saber como ela estava. Quando bateu à porta, a sra. Thomas atendeu, olhando-o de cima a baixo.

"*Pois não?*", indagou ela.

O dr. Samuels tirou o chapéu e o segurou à frente do peito, como se o hino nacional estivesse tocando.

"A senhora é a sra. Henry?", perguntou.

Isso fez a velha torcer o nariz e apertar os olhos.

"*Senhora Henry?* Quer dizer *Mary* Henry?"

"Ah", falou ele, se endireitando. "Pensei que fosse a mãe dela."

"Não sou a mãe dela. Nem somos parentes. Ela só aluga um quarto aqui, mas isso pode chegar ao fim logo, logo. Ela passou a noite arrastando móveis, gritando e chorando. Não sei o que deu nela." A sra. Thomas olhou ao redor para ter certeza de que ninguém estava ouvindo. Então se aproximou. "Foi o diabo, eu diria."

O dr. Samuels assentiu, tentando compreender.

"Isso tudo aconteceu na noite passada?", indagou ele.

"*Ainda está acontecendo!*", deixou escapar a sra. Thomas. "Começou por volta da meia-noite. Ouvi quando ela e o outro inquilino, aquele imprestável, chegaram tropeçando como vagabundos, rindo e fazendo arruaça. Então, uns minutos depois, ouvi Mary gritando. Pensei em levantar e ver se ela estava bem, mas se há um problema, é um problema do qual não preciso." Ela parou e observou dr. Samuels, para ver se ele a julgava. Satisfeita por ver que não, a mulher continuou: "E aí ouvi batidas e móveis sendo arrastados lá em cima. Eu não gosto disso, sabe? Essa é a minha casa e os meus móveis".

"Compreendo."

"Hoje de manhã, eu subi para ver como ela estava e avisar que o café da manhã estava pronto", contou a sra. Thomas. Ela fez uma pausa, encarando o dr. Samuels. "Ela não comeu nada, sabe, e o sr. Linden dormiu até mais tarde de novo. Quer tomar café?"

"Não, obrigado. Mas a srta. Henry... como ela estava quando a senhora a viu?"

A sra. Thomas inclinou a cabeça, fazendo uma careta como se tivesse sentido cheiro de algo podre.

"Foi a coisa mais estranha. Dava para ouvi-la lá dentro soluçando, chorando feito um bebê, mas ela não abriu a porta."

"A senhora se identificou? Disse quem era?"

"Claro que disse", respondeu a sra. Thomas. "Mas ela me mandou ir embora, falou 'Agora não. A senhora pode ir embora, por favor?'. Disse que queria ficar sozinha. Dá para acreditar? Ela me falou isso na minha própria casa."

O dr. Samuels assentiu.

"Isso é estranho."

"É mesmo." A sra. Thomas fez uma pausa e o observou por um instante, colocando as mãos na cintura. "Você não é meio velho para ela?"

Ele corou.

"Não, não", retrucou. O médico ergueu a mão para mostrar a aliança. "Sou um homem muito bem casado". Então parou sem jeito, tentando se recompor. "Eu me chamo dr. Martin Samuels."

"Você é médico?"

"Sou."

"Que tipo de médico?"

"Sou quiropraxista."

"Ah", falou a sra. Thomas. "Achei que era um médico de verdade!"

Ele a ignorou.

"Falei ontem com a srta. Henry. Ela estava passando por uns maus bocados, então pensei em fazer uma visita para ver como ela está."

"Hum", murmurou a sra. Thomas, para o dr. Samuels saber que ela não acreditava nele.

"Eu preciso mesmo ir já, já. Posso vê-la?"

"Ela está trancada no quarto." A velha saiu do caminho, segurando a porta. "No andar de cima. É a primeira porta à direita."

O dr. Samuels assentiu e deu um sorriso.

"Obrigado, senhora."

A sra. Thomas apertou os olhos de novo.

"E não tentem fazer nenhuma gracinha debaixo do meu teto", avisou. Ela apontou em direção ao céu. "Deus vê tudo, sabe?"

O dr. Samuels bateu à porta de Mary. Houve um silêncio demorado e em seguida ele escutou algum barulho, mas ninguém respondeu. Tentou de novo.

"Mary, sou eu. O dr. Samuels."

Seguiu-se uma pausa longa, e então o médico ouviu a voz de Mary, baixa e frágil, como uma criança assustada.

"É o senhor mesmo, dr. Samuels?", perguntou ela.

"Sou eu", garantiu ele. "Passei para ver se você está bem."

Houve mais uma pausa longa e então ela respondeu:

"Acho que estou bem. Ainda estou viva... pelo menos por enquanto".

Ele encostou a cabeça na porta.

"Posso entrar?"

"Não estou preparada para receber visitas."

"A velha lá de baixo disse que você passou a noite acordada", contou o dr. Samuels. Assim que falou aquilo, a sra. Thomas vociferou: "*Eu não sou velha!*". Ele respondeu: "Está bem, desculpe! Eu quis dizer *mais* velha!".

Contente que a sra. Thomas tinha encerrado a conversa aos berros, ele se voltou para a porta.

"Por favor, pode me deixar entrar, Mary?", insistiu o médico.

Houve uma pausa e depois Mary falou:

"Vou precisar afastar a penteadeira. Está na frente da porta".

"Não tem problema", afirmou ele. "Posso esperar."

Ele ouviu uma movimentação lá dentro e então o som da penteadeira sendo arrastada pelo chão. Em seguida, escutou a fechadura sendo aberta e a corrente sendo destrancada. Uma fresta foi aberta na porta, e Mary, desgrenhada e vestindo a mesma roupa que usava quando ele a tinha visto, surgiu. Ela olhou em volta do corredor, certificando-se de que mais ninguém estava ali.

"Estou sozinho", atestou o dr. Samuels.

Os olhos de Mary dardejaram de um lado para o outro de novo, e então ela escancarou a porta. O dr. Samuels entrou, olhando ao redor. Tirando a penteadeira que tinha sido deslocada, o quarto parecia limpo e normal. Mary fechou a porta e a trancou.

"É um belo quarto", comentou ele, tentando quebrar o gelo. Mas Mary foi direto ao assunto.

"Ele está atrás de mim", contou ela, soando exaltada. "Aquele homem. O morto. Está tentando me pegar."

O dr. Samuels olhou para ela. Mary estava fora de si, perto de um verdadeiro esgotamento nervoso, isso se já não tivesse sofrido um.

"Acha que ele está morto?", questionou ele, preocupado.

"É claro que está morto", respondeu Mary.

"Tudo bem", disse ele. "E onde o viu?"

Mary apontou para a janela fechada.

"Ali". Então apontou para a parede onde estava a penteadeira. "E ali", acrescentou ela, olhando para o dr. Samuels. "A penteadeira estava ali e eu o vi no espelho."

"O que ele estava fazendo?"

"Estava sorrindo, era um sorriso muito assustador", explicou ela. "Ele me quer. Consigo sentir."

"*Ele quer você?*", indagou o dr. Samuels. "O que quer dizer?"

"Ele quer me levar embora. Quer me levar para aquele lugar."

"Qual lugar?"

"Aquele pavilhão antigo."

"Por que ele faria isso?", quis saber o dr. Samuels. "Por que ele iria querer levá-la até lá? Não tem nada lá."

"Tem, sim."

"O quê?", perguntou ele. "O que acha que tem lá?"

"Os mortos. Eles querem me levar. Não sei o porquê, mas querem."

Ele encarou os olhos dela.

"Você precisa de ajuda psiquiátrica, Mary. Isso está saindo de controle."

"Ninguém pode me ajudar, doutor. Ninguém. É por isso que estou indo embora."

"*Embora?* Para onde?"

Ela o encarou.

"Ainda não sei. Para qualquer lugar, menos aqui." Ela fez uma pausa e depois acrescentou: "Para qualquer lugar, menos aquele pavilhão maldito. *Eles não vão me pegar!*".

O dr. Samuels a observou com tristeza no olhar.

"Deixa eu te ajudar, Mary", insistiu ele. "Deixa eu te ajudar a conseguir o amparo que tanto precisa. Você faria isso?"

Mary exibiu um sorriso estranho que o deixou arrepiado.

"É tarde demais para ajuda", declarou ela. "Tarde demais para qualquer coisa."

"Por quê?"

"Não sei", respondeu ela. "Mas é. Posso sentir."

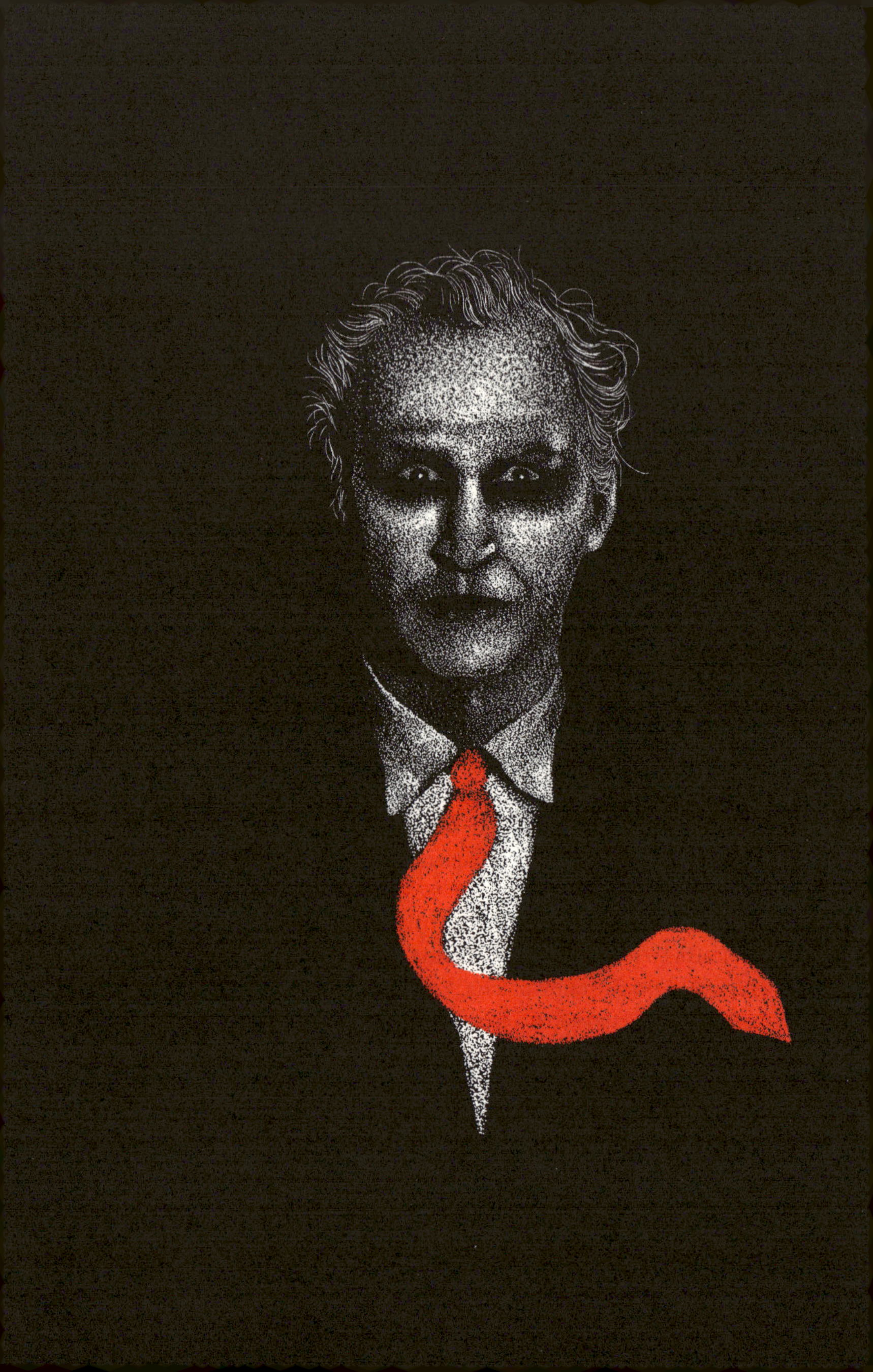

23

A sra. Thomas estava sentada no sofá, lendo um livro de romance, quando viu Mary descendo a escada. Ela olhou para a moça, que estava obviamente atordoada.

"Você está bem?", perguntou a idosa.

Mary não respondeu. A sra. Thomas repousou o livro e se levantou, indo encontrar a inquilina ao pé da escada. Então viu que Mary, parada no último degrau, carregava uma mala.

"Ei", chamou a sra. Thomas. "Mesmo se for louca, você não pode alugar um quarto e depois fugir. Isso não é correto!"

Mary olhou para ela, lúcida de repente.

"Desculpe, sra. Thomas, me desculpe mesmo. Mas preciso ir."

"Eu não entendo."

Mary a observou com uma sinceridade que interrompeu em um instante o julgamento e a mesquinharia da sra. Thomas.

"Salt Lake City não é para mim", explicou ela. "Eu não sabia ou então não teria vindo…" A sra. Thomas viu medo nos olhos da moça, que se enchiam de lágrimas. "Mas agora tenho certeza. Quanto ao aluguel, vou pagar pela próxima semana para compensar por qualquer transtorno que eu possa causar."

Naquele momento, a sra. Thomas se sentiu mal por ter sido fria.

"Obrigada", falou ela. "Isso seria muito bom. Mas para onde você vai?"

Mary a encarou com grandes olhos ingênuos.

"Não sei, mas preciso ir para *algum* lugar."

"Você deveria mesmo ter um plano antes de sair correndo. Tem que se cuidar, srta. Henry."

Mary estava olhando para o nada.

"O que foi?", quis saber a sra. Thomas.

Mary ficou de frente para ela.

"Não é nada. Eu... eu só preciso ir."

Antes que a sra. Thomas pudesse falar qualquer coisa a mais, Mary enfiou as notas amassadas nas mãos frágeis da mulher e se dirigiu até a porta.

A sra. Thomas se voltou para Mary, observando as costas dela enquanto a inquilina chegava à porta.

"Vai ficar bem, srta. Henry?", quis saber a idosa.

Mary continuou de costas. Ela parou por um momento, abaixou a cabeça e disse:

"Melhor do que nunca, sra. Thomas". Então saiu pela porta, deixando a idosa imóvel e confusa.

O carro começou a ficar estranho quase no mesmo instante em que Mary o afastou do meio-fio. O veículo estava chiando. *Droga*, pensou Mary. Ela só queria ir para bem longe daquele lugar.

Quando chegou aos limites da cidade, ela encostou o carro no mesmo posto de gasolina onde havia parado na manhã em que chegou. Aquele era o único mecânico que Mary conhecia, já que não costumava prestar atenção a coisas do tipo. Quando estacionou, havia um frentista parado. Ele foi até a janela do carro e se agachou para que ela pudesse vê-lo.

"Meu carro está com problema e eu queria que dessem uma olhada", explicou Mary. "Sabe dizer se tem espaço para ele? Preciso sair depressa da cidade."

O frentista, que não era o mesmo que a atendera na noite em que Mary chegou, se endireitou e apertou os olhos na direção da garagem à direita, que estava com a porta fechada.

"Acho que o Gene não está atendendo ninguém", comentou o homem. "Vamos fazer assim: pode estacionar ali, na frente daquelas portas, e eu falo com ele."

Ele contornou o capô do carro e foi em direção à garagem. Mary então deu ré e moveu o veículo, parando-o em frente às portas.

O frentista saiu por uma porta à esquerda da garagem. Então, cerca de um minuto depois, a porta foi levantada, revelando um homem jovem vestindo um macacão de mecânico. Uma vez que a porta estava aberta, ele acenou para que Mary conduzisse o carro até a garagem vazia.

"Qual é o problema?", perguntou o mecânico quando ela encostou o carro ao lado dele.

"O carro está fazendo uma chiadeira irritante."

O mecânico sorriu.

"Igual a minha esposa. Ela também faz uma chiadeira irritante quando fala", comentou ele. Seu sorriso aumentou um pouco, mostrando grandes dentes amarelos. Quando Mary não sorriu de volta, o sorriso sumiu. "Tudo bem, certo", continuou, assentindo. "Parece que a chiadeira está vindo de debaixo do capô ou debaixo do carro?"

"Debaixo do carro."

"Tudo bem", respondeu ele, apontando para uma vaga. "Pode estacionar ali."

Mary seguiu a instrução dele.

"Vou precisar suspender o carro no elevador hidráulico para olhar embaixo dele e descobrir o que está acontecendo", explicou o mecânico. Ele abriu a porta para ajudá-la a sair, mas Mary a fechou.

"Será que não posso ficar aqui dentro, por favor?", perguntou ela.

Quando o mecânico viu a expressão insana nos olhos dela, respondeu: "Claro, é, acho que sim. Não é como costumamos fazer. Não devemos fazer desse jeito, mas já que você é tão...". Ele começou a dizer maluca, mas em vez disso falou "firme". E deixou por isso mesmo.

Mary ficou sentada dentro do carro enquanto o mecânico suspendia o automóvel. Quando estava suspenso, Mary ficou parada, esperando que o mecânico pedisse para que ligasse o carro. Mas ele não pediu. Em vez disso, ela ouviu passos indo em direção ao carro do outro lado da garagem. Passos *altos*. Será que eram reais ou ela estava imaginando coisas? Mary não sabia, mas seu coração estava acelerado e sua pressão, subindo. Não conseguia ver nada da altura em que estava, então subiu o vidro e trancou a porta. Em seguida, esticou-se até a porta do passageiro e também a trancou.

Mary ouviu os passos pararem debaixo dela, pertinho do carro. De repente, sentiu o carro sendo abaixado aos poucos. Estava apavorada, mas não tinha o que fazer, nenhum lugar onde se esconder. Mary agarrou o volante como se aquilo pudesse salvá-la de alguma forma. Sentia como se o coração estivesse na garganta. O carro continuou descendo, descendo, descendo, descendo...

Quando o automóvel estava de volta ao chão, Mary olhou ao redor e não viu ninguém. Ela virou totalmente para a esquerda, procurando o mecânico, mas não o viu. Então, quando olhou para a frente de novo, viu o morto parado diante do carro, vestindo o macacão do mecânico. Ele estava, é claro, sorrindo.

"Acho que encontrei o problema", avisou ele, com alegria. "Mas você já sabe qual é, não sabe?"

Mary gritou. Ela se voltou para a porta, frenética, enquanto a destrancava e a abria. Lançou-se para a frente, tentando sair, mas perdeu o equilíbrio e caiu no chão da garagem.

"Ah, coitadinha", soou a voz do morto de trás dela.

Mary não se virou para olhá-lo. Ela se levantou com dificuldade e disparou a toda velocidade em direção à porta aberta da garagem, até a luz forte do sol.

"Você nunca vai escapar", falou o caroneiro, parecendo estar perto, como se sua voz estivesse vindo de dentro da cabeça dela

24

Mary corria pela rua, assustada e confusa. Ela temia que o morto estivesse atrás dela, mas tinha medo de se virar e olhar. Porém, de alguma forma, Mary sabia que ele não estava ali de fato. Não conseguia imaginá-lo, com sua rigidez cadavérica, vestindo um terno elegante e correndo pela rua; entretanto, já tinha visto coisas piores. Afinal de contas, nada daquilo fazia sentido. Ao pensar nisso enquanto corria, a possibilidade de que poderia estar enlouquecendo passou pela cabeça de Mary de novo. Naquela circunstância, considerou que aquela talvez fosse a melhor das hipóteses. Enlouquecer seria melhor do que ser morta ou consumida, ou seja lá o que o cadáver quisesse fazer com ela. Mas, à medida que pensava naquilo, sabia que não era verdade. De alguma forma, Mary sabia, no fundo dos recônditos de sua mente, que o que ele queria mesmo era arrastá-la para algum lugar que ela não queria ir.

Ela olhou para a frente e viu que estava se aproximando de um homem indo na mesma direção em que estava. Mary só conseguia ver suas costas, mas ele vestia um belo terno, igual ao cadáver, e então lhe ocorreu que aquele poderia ser o morto, à espera dela. Não, pensou, não cairia nessa. Ela virou de repente para a esquerda, subindo no meio-fio e cambaleando até a rua. Mary quase foi atingida por um Plymouth, que vinha da sua esquerda e derrapou até parar a alguns centímetros de distância. O motorista enfiou a mão na buzina, mas Mary o ignorou. Um instante depois, havia buzinas soando de ambos os lados, porém ela não olhou. Apenas continuou correndo, fazendo um zigue-zague involuntário por conta da confusão e do cansaço. De algum jeito, chegou ao meio-fio do outro lado da rua sem ter sido atropelada, mas não parou. Continuou em movimento.

Mary não estava prestando atenção aos letreiros das lojas — não estava prestando atenção a nada, para falar a verdade —, mas um se destacou enquanto passava por ele. Era uma estação rodoviária. Mary parou, arquejando. Ela deu uma volta e olhou ao redor, por fim, não vendo ninguém. Mas não podia ficar parada. *Não podia*. Às pressas, entrou na estação movimentada e cheia. A multidão andando de um lado para o outro a deixava nervosa, e ela pensou se o cadáver ou os parceiros dele estariam se escondendo entre as pessoas, mas continuou andando, tropeçando à medida que progredia. Enquanto andava, ocorreu a Mary que havia algo de errado com tudo aquilo, porém, apavorada como estava, não conseguia determinar bem o que era.

Ela olhou para a frente, para as três janelas da bilheteria. Uma delas estava vazia, então correu até lá. Um homem mais velho e careca se sentava atrás do vidro, olhando para alguns papéis.

"Ei", chamou ela.

O homem não pestanejou e nem mostrou ter notado a presença dela. Mary falou mais alto.

"Preciso de um bilhete", insistiu. Ela olhou para o quadro que mostrava para onde os ônibus estavam indo, mas estava tão apavorada que não conseguia se concentrar, então disse: "Vou para *qualquer lugar*. O ônibus que sair primeiro, esse é o que eu quero".

O homem continuou de olhos baixos, escrevendo alguma coisa, alheio a ela. *Será que ele não conseguia ouvi-la?* Frustrada, Mary bateu na vidraça, bem diante do rosto dele, mas as batidas não emitiram nenhum som e o homem não levantou a cabeça.

"*Preciso de um ônibus!*", gritou ela. "*Me dê um bilhete!*"

O homem não reagiu. Estava acontecendo de novo. Ela ficou parada por um minuto, confusa, tentando se orientar. Mary começou a chorar e agarrou as laterais da cabeça enquanto as lágrimas caíam. De uma hora para a outra, o mundo estava girando e Mary se sentia sobrecarregada e sem fôlego. Então percebeu que não conseguiria comprar um bilhete fosse como fosse, pois havia esquecido a bolsa no carro. Mary estava chorando muito. Um homem veio com tudo até ela, em disparada na direção da janela da bilheteria. No último instante, pouco antes da colisão, Mary percebeu que ele também não a enxergava e saiu da frente dele.

Ela estava invisível? Aquilo levou a um questionamento ainda mais absurdo — *era mesmo absurdo diante de tudo aquilo?* —: será que ela ao menos existia? Mary permaneceu ali, soluçando, com o mundo girando. Como na loja de departamento, conseguia ver a correria de todos, mas não havia nenhum som. Sim, era aquilo que estava diferente! Tudo estava silencioso de novo. Como não tinha notado? Com exceção da própria voz, Mary não tinha ouvido nada dentro da estação rodoviária. Sem dúvida, aquilo era loucura, pensou ela. Mas então aquele pensamento foi interrompido por um som! Um anúncio vindo do alto: "*Última chamada para o embarque do ônibus sentido leste, no portão nove*".

Mary permaneceu parada por um momento, considerando aquilo. Como tinha escutado o anúncio? A voz do locutor tinha soado abafada, como se o homem estivesse falando debaixo d'água. Aquilo levou Mary a se lembrar da imagem do morto sob a água. Quando pensou naquilo, Mary começou a acreditar, desafiando toda a lógica, que não tinha de fato *ouvido* o anúncio, mas, de alguma forma, tinha *descoberto* em sua mente. Mas nada daquilo importava naquele momento. O que importava é que precisava partir logo. Não tinha tempo a perder. Ela precisava fugir do morto. E do pavilhão. E de Salt Lake City. Mary se virou e correu até a entrada de acesso aos portões.

Ela seguiu as placas até encontrar o portão nove. Talvez, apenas talvez, pudesse embarcar no ônibus sem dinheiro, já que ninguém parecia ser capaz de vê-la, pensou Mary. Ela correu até alcançar o ônibus, que estava em processo de embarque. O grande ônibus da Greyhound estava estacionado com a porta aberta. Já havia pessoas dentro do veículo, mas ninguém estava parado diante da entrada, bloqueando a passagem dela. Mary correu na direção do ônibus, entrando. O motorista não estava, então planejou passar despercebida. Ela se virou em direção aos passageiros sentados. Quando os viu, Mary ficou sem fôlego. Todos eram pálidos e cadavéricos como o defunto! Estavam todos mortos e exibiam aquele mesmo sorriso pavoroso. Mary ficou paralisada por um momento, encarando. De repente, todos os passageiros mortos estenderam as mãos na direção dela.

"Bem-vinda ao lar, Mary", disse um deles.

Mary emitiu um grito estridente e se virou para sair. Desceu do ônibus, mas caiu, tombando na calçada e torcendo o tornozelo. A dor era lancinante, interrompendo seu transe.

Ela ouviu uma voz vinda de cima.

"Posso ajudar, senhorita?"

Mary olhou para cima e viu o cadáver parado, com um sorriso no rosto e a mão estendida para ela. Mary gritou de novo e, ainda deitada de lado, ergueu-se com esforço. O tornozelo doía demais, mas ela conseguiu voltar a ficar de pé. Desatou a correr com instabilidade, sem olhar para trás. Mary então percebeu, de forma indiscutível, que o morto não estava atrás dela. Não havia necessidade. Por que ele a perseguiria quando tinha a habilidade de apenas aparecer no caminho dela a qualquer momento? Aquilo era demais para Mary, e ela pensou que sua mente pudesse colapsar sob o peso de tudo.

Ela cambaleou pela estação rodoviária até voltar à calçada. Mary correu pela rua, com o tornozelo doendo, abordando outros pedestres, mas era nítido que não conseguiam vê-la, uma vez que continuavam seguindo em frente. Toda vez, Mary saía da frente deles antes que passassem por cima dela. Então viu um grupo de garotos reunidos na calçada adiante, conversando. Resolveu tentar falar com eles. Talvez fosse diferente com crianças.

"Com licença, meninos", falou ela. Nenhum deles olhou. Ela tentou de novo. "Podem me ajudar?"

Os garotos continuaram rindo e conversando, sem conseguir ouvir ou ver Mary. Ela podia vê-los rir e gargalhar, mas não conseguia escutá-los. Mais uma vez, não era capaz de ouvir nada além, ao que parecia, do morto. E se a vida dela tivesse se tornado aquilo? E se nunca mais ouvisse nada de novo com exceção daquele canalha cadavérico? Aquilo, concluiu ela, seria a definição de inferno.

Mary seguiu em frente, cambaleando pela rua, ficando mais devagar. Estava sem fôlego e ofegante como um cachorro. Ela ergueu os olhos e viu um policial andando em sua direção. Quando estava perto, Mary falou:

"Com licença, policial".

De novo, ele não parecia tê-la escutado. Ao ver o homem enfiar o dedo no nariz, mexendo-o como se estivesse procurando ouro, entendeu que ele não sabia que ela estava ali.

O que ela faria? Mary não tinha ideia. Enquanto caminhava, viu um táxi amarelo encostado no meio-fio. Ela sabia qual seria o desfecho provável, mas se aproximou assim mesmo. Vindo por trás, do lado do passageiro, ela colocou a mão na maçaneta, mas estava trancada. Mary bateu na janela, mas a batida foi tão silenciosa quanto a que dera na janela da estação rodoviária. Ela se inclinou e espiou o motorista bem no momento em que o táxi se afastou do meio-fio.

Mary se sentiu derrotada. Entre aquilo e a exaustão, decidiu andar em vez de correr. Pensou que não teria problema contanto que continuasse em movimento. Mover-se era a parte importante. Mas para onde iria? Havia algum lugar onde estaria segura? Os pés doíam, então Mary se abaixou e tirou o sapato. Ela os carregou enquanto continuava se movendo pela cidade, sem ouvir nada, invisível aos carros e aos pedestres.

Depois de um tempo, avistou um pequeno cachorro de rua com a pelagem marrom. Mary não sabia de qual raça era, mas achou o cachorrinho encantador. Estava de costas para ela. Considerando-o um ponto de luz em um mundo sombrio — um pequeno sinal de esperança —, ela se aproximou, imaginando se o animal seria capaz de vê-la. Se conseguiria fazer carinho nele. Mary estava a cerca de três passos de distância quando o cachorro se virou e olhou para ela. Ao vê-la, o animal ficou furioso no mesmo instante, mostrando os dentes e emitindo um rosnado irado e ameaçador. O cachorro veio na direção dela, rosnando, como se quisesse atacar Mary. Apesar do tamanho, a ferocidade do animal a assustava, então Mary começou a correr de volta na direção de onde tinha vindo. Ela ouviu o cachorro latir algumas vezes enquanto corria atrás dela, mas deve ter se cansado ou se distraído, pois desistiu da perseguição. Quando o cachorro foi embora, Mary decidiu se sentar no banco de uma praça para descansar.

Ela começou a chorar de novo. Ninguém conseguia ver ou ouvi-la, com exceção do cachorro e dos mortos, e eles queriam machucá-la. Com os sapatos no colo, Mary apoiou o rosto nas mãos em forma de concha e chorou bastante. Por fim, depois de um tempo, começou a escutar sons de novo. Mary conseguia ouvir os pássaros chilreando e os carros passando.

PARQUE MACABRO

25

Ainda descalça e confusa, Mary continuou caminhando. Ela não sabia quanto tinha se passado, pois havia perdido toda a noção de tempo. Enquanto andava, olhou para o outro lado da rua e avistou o chafariz onde tinha visto o homem macabro. Espere, isso significava... Mary virou à esquerda e observou que o consultório do dr. Samuels ficava adiante.

Exausta, Mary andou até lá. Ela segurou a maçaneta e abriu a porta, entrando no edifício. Olhou para a recepcionista, Iris.

"Posso ajudá-la?", perguntou a moça.

Agora que estava inequivocamente no próprio mundo, regido pelas próprias regras, Mary a ignorou, indo em direção ao consultório do dr. Samuels, cuja porta estava fechada. Quando segurou a maçaneta, ouviu a recepcionista dizer:

"Não pode entrar aí, senhorita".

Mary não lhe deu ouvidos e abriu a porta. Ela encontrou o dr. Samuels sentado à mesa, escrevendo. Ele ergueu os olhos para ela, surpreso.

"Srta. Henry", falou.

"Preciso falar com o senhor. Preciso da sua ajuda, doutor."

Com os olhos fixos nela, ele abaixou a caneta e tirou os óculos.

"Posso ajudar, como lhe falei mais cedo. Mas você precisa permitir que eu ajude. Está pronta para fazer isso?", indagou o médico.

Mary estava imersa no próprio mundo, a quilômetros de distância, encarando a parede à esquerda, mas sem enxergá-la. Seus olhos estavam grandes e arregalados. Ela tremia.

"Ele me quer", contou ela. "Não há dúvidas sobre isso. Eu sei, mas acho que sempre soube." Ela deu uma risada cansada e patética. "Não é como se ele tivesse tentado esconder."

"Quem?", indagou o dr. Samuels. "Quem quer você?"

Sem ouvir o médico, Mary continuou:

"Meu lugar não é aqui". Ela se virou e então olhou para ele, inclinando a cabeça diante da descoberta. "É isso mesmo. Meu... lugar... *não é aqui*." Ela ergueu a sobrancelha de leve. "Alguma coisa me separa dos outros."

"Do que você está falando? O que é que a separa?"

Mary se sentou na cadeira de frente para o médico. Ela olhou em volta do consultório, paranoica.

"Eles estão em toda parte", afirmou ela. "*Ele* está em toda parte."

O dr. Samuels se virou em sua cadeira, ficando de costas para Mary.

"Tenho o telefone de um médico que pode lhe ajudar, srta. Henry. Ele é meu amigo e um bom médico. Muito bom no que faz. Você precisa de ajuda, mas não sou capacitado para isso. Não tenho o treinamento adequado. Dê-me um minutinho para encontrar o número."

Mary continuou a falar.

"Ele está em toda parte quando estou acordada, está em toda parte quando estou dormindo... não consigo escapar dele. Eu... eu *quero* escapar, mas não consigo." Ela se virou e olhou pela janela. "No começo, achei que estivesse enlouquecendo, mas *eu não sou louca*", declarou de uma forma insana e maníaca que lhe traía. "Existem algumas coisas no mundo que não entendemos. Eu acredito nisso; o senhor não acha, doutor? Acredito e acho que essa é uma dessas coisas. Aquele homem... ele está morto. Eu *sei* disso. Não sei como, mas sei. Eles estão mortos. *Todos eles*. E eles me querem. Não sei por que, mas é verdade. Eles não vão me deixar em paz..."

Mary olhou para o dr. Samuels, com as costas voltadas para ela enquanto procurava o número de telefone.

"Quero ir embora", contou Mary devagar. "Eu *tento* ir. Mas em todo lugar que eu vou... tem alguma coisa impedindo minha saída. Eles não me deixam ir..." Naquele momento, a voz de Mary assumiu um tom maníaco, vacilando conforme falava. Ela estava no limite da sanidade.

"Eles não querem que eu vá! Aquele homem... Aquele *homem* morto... Ele está tentando me levar para algum lugar! Não consigo mais lutar! Não sei mais o que é real!"

Com os olhos arregalados e insanos, os movimentos de Mary se tornaram exagerados e ela falou como se estivesse tentando enunciar com perfeição.

"Eu lhe procurei, doutor, porque o senhor é minha última esperança. Não tenho para onde ir. Não tenho ninguém." O tremor de Mary se tornou mais evidente, e ela olhou para a porta, como se esperasse que alguém estivesse lá. "Se não me ajudar, terei de voltar."

Ela observou o dr. Samuels, girando devagar em sua cadeira para ficar de frente para ela. Mary sabia direitinho o que o médico iria dizer. "Para onde, srta. Henry?", perguntaria ele. "Para onde acha que ele está tentando levá-la? E quando diz 'voltar', o que significa? Já esteve lá?" Porém, ele não falou nada disso porque, quando se virou para que Mary visse seu rosto, ela percebeu que não era o dr. Samuels. Era o homem morto, encarando-a com a cabeça inclinada de forma preguiçosa no encosto da cadeira e com aquele grande sorriso bobo estampado no rosto. Os dedos dele estavam entrelaçados na frente do peito. Mary o fitou, paralisada pelo medo.

"Vá em frente, Mary", disse ele. "Conte-me tudo sobre o homem assustador. Para onde ele quer levar você?"

Mary se sentiu tonta e emitiu um guincho alto, o mais alto que já ouvira. Ela fechou os olhos e gritou de novo e de novo, sentindo como se fosse desmaiar.

Quando abriu os olhos, Mary esperava ver o morto de frente para ela, encarando-a de volta. Em vez disso, ficou espantada ao descobrir que estava no banco do motorista de seu carro, dentro da garagem do mecânico. Mary não entendia. Como tinha chegado ali? Será que tinha estado ali o tempo todo, apenas imaginando aquelas coisas? Sua mente estava acelerada. Ela sentiu um aperto no peito e o coração estava disparado. Mary olhou no espelho retrovisor, esperando ver o morto, mas ele não estava lá. Isso confirmou seu temor de que estava enlouquecendo.

"Controle-se, Mary", disse em voz alta.

Ela colocou os dedos sobre a chave e girou, dando a partida no carro. Mary olhou ao redor, mas não viu o mecânico. Resolveu colocar o carro em marcha à ré e saiu à luz do dia. Se visse o mecânico, iria parar e pagar a ele, fingindo que aquele tinha sido o plano desde o início. Caso não o visse, bem... *o que tiver de ser, será:* ela seguiria seu caminho. Mary começou a dar ré, dirigindo mais rápido do que o apropriado. Viu o mecânico surgir detrás dela, assustando-a, mas não freou. Com um pulo, ele saiu da frente. Não, decidiu, ela não iria parar. Até onde sabia, o mecânico se transformaria no morto de novo. Já tinha caído naquela uma vez e não desejava repetir a dose. Não, ela iria sair da cidade naquele exato instante. O carro disparou na rua movimentada, conseguindo evitar, de alguma forma, bater. Mary pisou fundo, acelerando pela estrada.

À medida que saía da cidade, ela decidiu voltar para o Kansas. Mary nunca amou o Kansas, mas o achava melhor que Salt Lake City. Aquele era seu plano, mas, quando alcançou o pavilhão, acabou adentrando aquela estrada conhecida de novo. Mary não sabia por que tinha feito aquilo, mas parecia o certo. Estava escurecendo enquanto se aproximava da estrutura enorme e imponente. Não sentia mais medo. Apenas sentia que estava fazendo o que deveria. Na verdade, não sentia que tinha controle sobre aquilo. Era como se o carro tivesse sido apanhado por um raio trator que o puxava em direção ao pavilhão. E daí? Talvez fosse melhor ceder. Estava cansada e naquele momento se sentia incapaz de resistir. Não tinha sequer vontade de resistir. Conforme os pensamentos passavam por sua cabeça, uma percepção no fundo da mente a lembrou de que *deveria* estar com medo, mas não estava. A mesma voz da razão insinuou que o pavilhão e o cadáver estavam controlando suas decisões, mas Mary não tinha uma resposta, então escolheu ignorá-la.

Ela estacionou o carro no mesmo lugar de antes, saiu e passou pela abertura na barreira. O vento agitou seu cabelo enquanto caminhava até o pátio. A parte sensata de sua mente tentava subjugar a parte que havia sucumbido ao magnetismo do pavilhão, mas era inútil. Ela apenas continuou a caminhar, aproximando-se cada vez mais do destino. Com o vento e a escuridão, o pátio parecia muito mais assustador. Mary reconheceu o fato de forma objetiva, com uma distância fria, como se estivesse meio adormecida, assistindo a tudo na televisão. Ela caminhou no escuro até o coreto à beira d'água, onde tinha jogado a moeda.

Quando chegou à cerca, ela parou e olhou para a água, o vento jogando seu cabelo no rosto. Enquanto contemplava o luar refletido ali, Mary viu os mortos se erguendo da água rasa. Andavam devagar até ela, mas Mary não reagiu. Ela se virou e olhou para o pavilhão escuro e, como se fosse combinado, as luzes de todos os edifícios se acenderam. Inexpressiva e se movendo no piloto automático, Mary andou até o salão. Ela conseguia ver que a porta lateral estava aberta, deixando a luz jorrar no pavimento.

Mary foi até a porta e ficou no batente, vendo mais ou menos cinquenta casais de mortos dançando devagar e com elegância. Ela os observou com curiosidade, dessa vez ouvindo a música. Parecia familiar, mas ela não reconheceu de primeira. Qual música era? Vendo os casais dançando de um lado para o outro, Mary se deu conta de que era a música exótica que havia tocado na igreja. Ela não conseguia tirar os olhos dos casais, que pareciam alheios à presença dela. Aquela mesma voz irritante no fundo da mente avisou que deveria estar com medo, mas o aviso entrou por um ouvido e saiu pelo outro.

Conforme observava a dança da morte, viu uma das mulheres mortas olhar em sua direção. Mary forçou a vista para enxergar com clareza e reconheceu a menina morta: *era a própria Mary*! Ela ficou parada, horrorizada, encarando sua cópia de rosto pálido, que rodopiava. Então percebeu que a Mary morta estava dançando com o mesmo morto que a vinha perseguindo. Mary ficou paralisada, sem reação, assistindo como se estivesse em transe. Depois, de uma só vez, todos os dançarinos pararam e se viraram para ela. E com a mesma rapidez que os bailarinos mortos piscaram os olhos em sua direção, Mary despertou do transe. Ela se virou, gritando enquanto o fazia, e saiu correndo para a escuridão. Conforme corria, todos os dançarinos mortos começaram uma corrida jocosa, seguindo Mary. Ao olhar para a frente, ela viu mais mortos se espalhando e a encarando.

Mary gritou de novo e virou para a esquerda. Vendo o morto ali, ela virou à esquerda de novo, buscando refúgio em uma pequena construção que outrora vendia lanches. Escondida ali atrás, espiou de lado. Naquele instante, ouviu um "Olá, Mary" vindo de trás. Ela se virou e viu seu falecido tio Donnie, sorrindo. Mary conseguia ver a marca de tiro na lateral da cabeça dele, onde tinha atirado em si mesmo. Mary gritou e saiu tropeçando de trás do edifício.

Ela seguiu em frente, mas havia um morto em seu caminho. Mary virou para a direita de novo e ficou cara a cara com Connie, que sorria. "Você nunca vai escapar", disse a amiga. Mary se virou para correr, mas descobriu que estava cercada de mortos por todos os lados. Ela continuou girando, procurando por uma saída que não existia. Por fim, parou, vendo-se frente a frente com o morto que a perseguia. Ele abriu aquele sorriso grotesco e conhecido.

"Bem-vinda ao lar, Mary", disse o homem morto.

De repente, mãos surgiram de todos os lados tentando alcançá-la, tentando tocá-la. Todos os mortos diziam a mesma coisa, quase como um coro: *"Bem-vinda ao lar, Mary! Bem-vinda ao lar, Mary!"*.

Mary caiu no chão, cobrindo a cabeça com os braços, e chorou. Enfim, ela entendeu.

Os mergulhadores prenderam um gancho à parte dianteira do Chevy Fleetline que tinha afundado, e Darrell estava operando o guincho elétrico do reboque, tirando o carro do rio Kansas. Enquanto isso, o guincho fez um barulho horrível.

CHICK! CHICK! CHAW!
CHICK! CHICK! CHAW!
CHICK! CHICK! CHAW!
CHICK! CHICK! CHAW!

Depois que o carro saiu da água, Darrell e Clyde se aproximaram. Olhando para as mulheres mortas, Clyde apontou para o cadáver de Mary.

"Ela é bonita", comentou. "Uma pena. Mais uma garota bonita com quem eu nunca vou namorar."

Darrell riu.

"Ela nunca teria namorado com você mesmo."

Clyde assentiu.

"Eu sei, eu sei."

ANÚNCIO

É nesse ponto que a história do filme original chega ao fim. Se quiser ter a mesma experiência que teve ao assistir ao filme, pare de ler agora. Se estiver aberto a uma nova interpretação, com uma nova reviravolta, há mais dois capítulos a seguir.

PARQUE MACABRO

26

Mary estava de joelhos, ainda de olhos fechados, sentindo-se sufocada pelos mortos que a cercavam. Ela mantinha os olhos fechados com o máximo de força que conseguia, mas pôde sentir uma mudança. Os mortos continuavam entoando "Bem-vinda ao lar, Mary", mas o som estava cada vez mais fraco, como se estivesse se dissipando. Ela abriu os olhos e descobriu que os demônios ao seu redor tinham sumido. Eles tinham sido substituídos por um panorama diferente, porém, mais assustador.

Tudo era vermelho e havia chamas altas, dançando de forma frenética. O som do coro foi substituído pelo som de gritos. Mary apertou os olhos, tentando ver através das labaredas e enxergou a silhueta de pessoas dentro delas. Elas gritavam e choravam. Mary ficou encarando, tentando compreender, e então entendeu; os gritos e o choro que ouvia eram dela. Baixou os olhos e viu o próprio corpo envolto em chamas. A dor era intensa, preenchendo-a, e Mary deduziu que as labaredas estavam vindo de dentro dela.

O que aquilo significava? Mary tentou entender, mas a dor, aquela dor maldita... Ela emitiu um grito alto e longo, o mais alto e longo que já tinha ouvido, que dirá emitido. Foi naquele momento que viu uma figura sombria emergindo de dentro das chamas. Parecia ser a imagem de um homem, andando até ela. Mary o encarou, ainda gritando e chorando e uivando e sofrendo. Foi então que viu o rosto do homem. Era aquele morto medonho que a vinha perseguindo, mas ele estava diferente. Ainda exibia aquele sorriso enorme e horrível, mas havia algo novo. O homem tinha chifres pequenos e afiados brotando através do cabelo.

"*Agora essa é a sua casa, Mary.*"

E, pela primeira vez, Mary acreditou no Inferno.

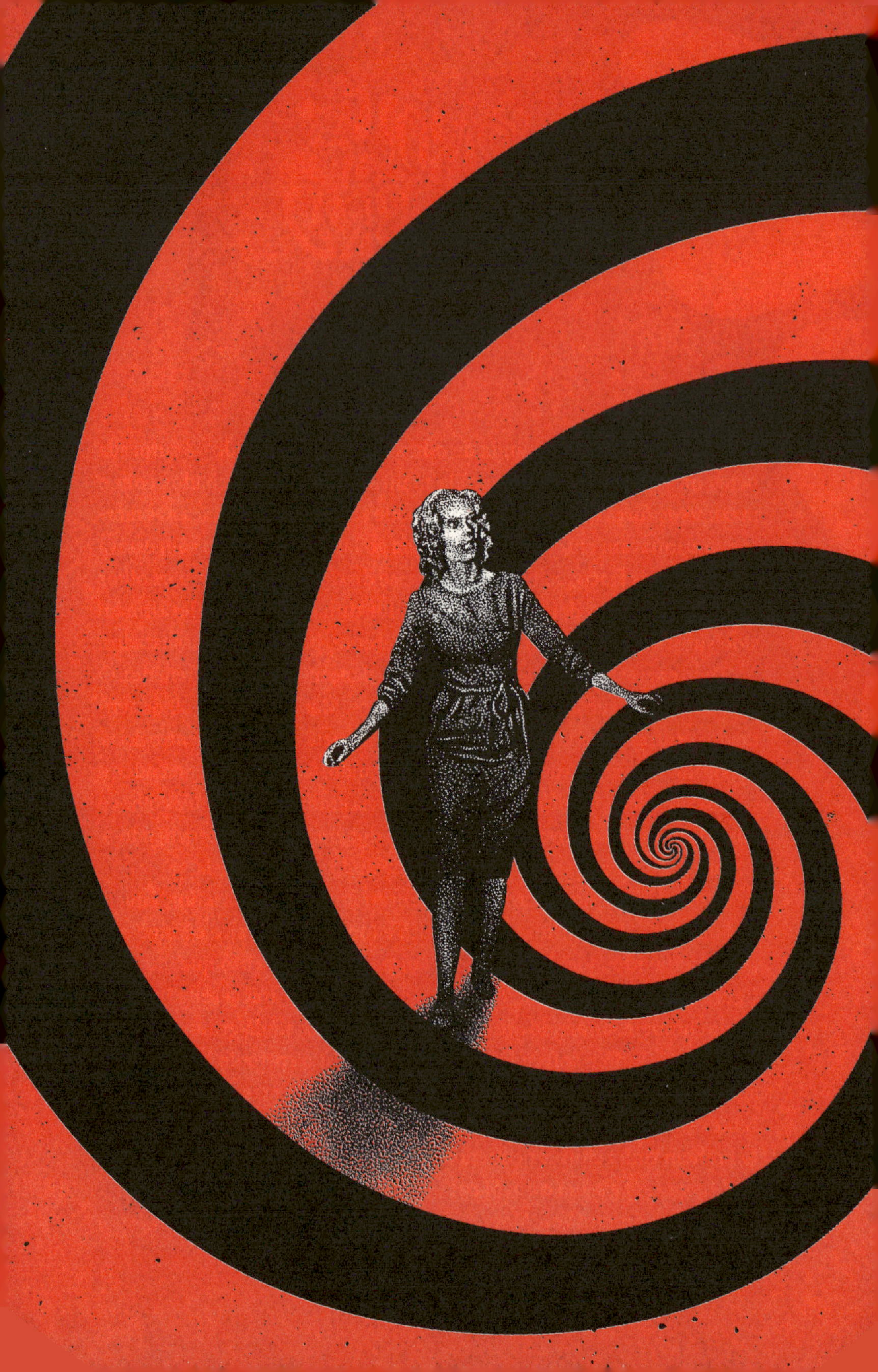

PARQUE MACABRO

27

Mary ergueu as pálpebras, surpresa ao ver uma luz suspensa. Olhou ao redor. Onde estava? Viu-se deitada em uma cama de hospital, amarrada, e havia uma enfermeira de pé à direita, observando uma prancheta. A enfermeira olhou para Mary e falou com indiferença: "Você acordou. Ficou apagada por um bom tempo".

Mary piscou os olhos, confusa.

"Onde estou?"

"Você está no hospital. O mesmo lugar em que esteve nos últimos oito meses. Você me faz essa pergunta todo dia."

Mary balançou a cabeça.

"Aonde?"

A enfermeira sorriu.

"Você sempre faz essa pergunta também."

"*Responda à pergunta!*"

"Você está no Hospital Estadual de Osawatomie."

Mary a fuzilou com os olhos.

"*O hospital psiquiátrico? No Kansas?*"

"Isso", confirmou a enfermeira. "Agora se acalme para que eu possa verificar seus sinais vitais."

"Não, não, eu não posso estar no Kansas... Eu fui para Utah."

"Não, Connie", respondeu a enfermeira. "Você está no Kansas."

Mary ficou sentada, encarando a enfermeira, com a cabeça inclinada.

"*Connie?* Por que você me chamou de Connie?"

"Porque é o seu nome, querida."

"Meu nome é Mary Henry."

"Não", insistiu a enfermeira, negando com a cabeça. "Seu nome é Connie. Temos essa mesma discussão todo dia."

"*Não, não, eu sou Mary Henry!*"

"Não, Connie, você não é. Mary Henry era uma das garotas que estavam no carro quando você sofreu o acidente no ano passado. Lembra? As duas morreram. Você foi a única sobrevivente, Connie. Mary Henry se afogou."

"*Não, não, não sou! Eu me chamo Mary Henry, e estou viva!* Eu... eu...", afirmou ela, com o olhar perdido e confuso.

"O que foi?"

Ela olhou para a enfermeira, piscando.

"Eu... eu esqueci... que não estou viva." Ela se virou para a enfermeira. "Estou no inferno."

A enfermeira balançou a cabeça.

"Eu já volto", falou ela, antes de sair do quarto para o buscar o médico e avisar que Connie estava em surto de novo.

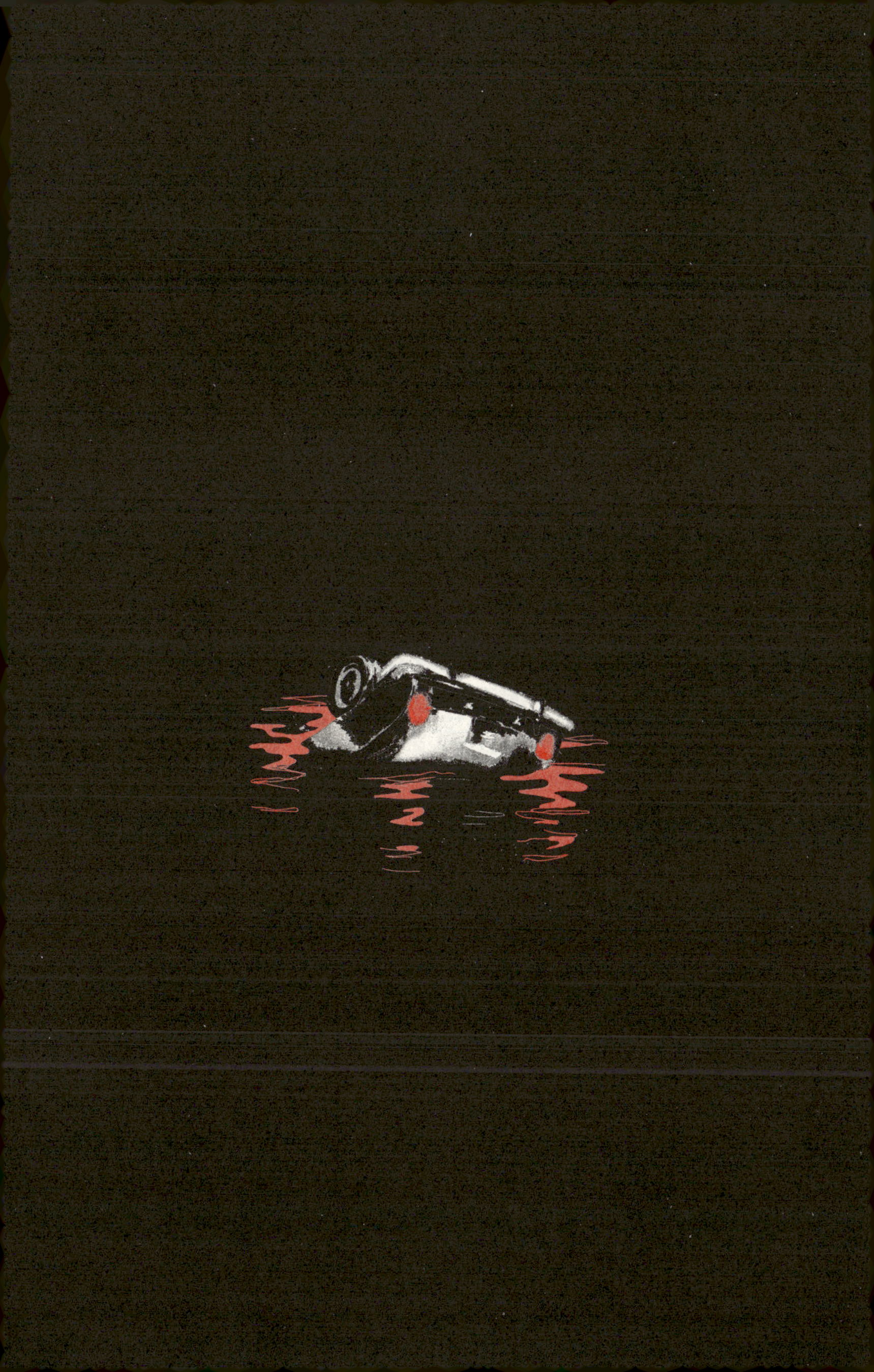

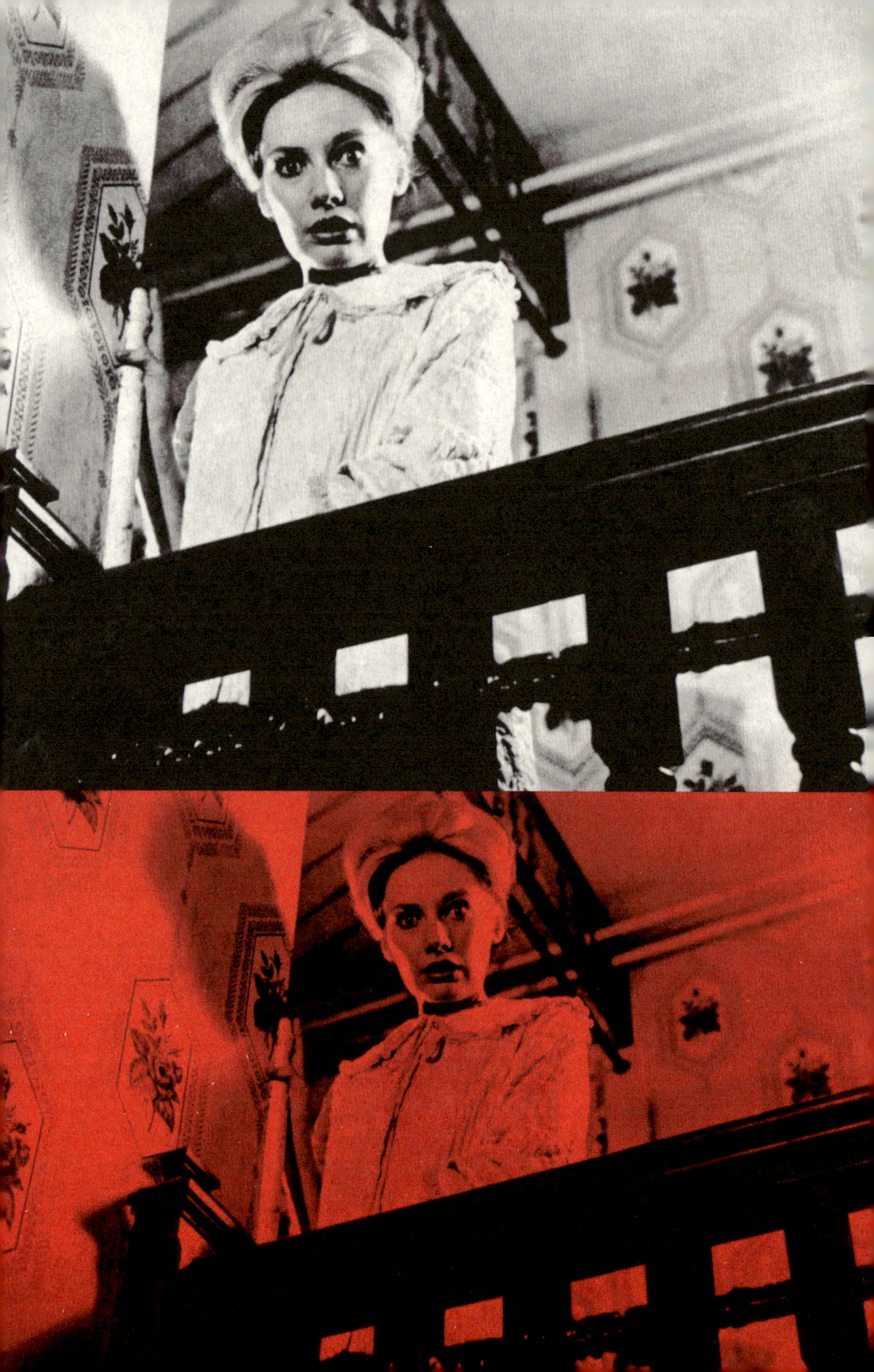

O HORROR QUE ATRAVESSOU A MORTE E O ESQUECIMENTO

[ARQUIVO MACABRA.TV]

Algumas obras nascem à margem da indústria cinematográfica, quase como um acidente, e acabam transcendendo suas limitações para se tornarem parte da história do cinema. *O Parque Macabro*, lançado em 1962, é um desses filmes. Produzido de forma independente, com um orçamento baixíssimo e sem qualquer apoio dos grandes estúdios, o longa parecia fadado ao esquecimento. Foi exibido sem grande alarde em drive-ins e pequenos circuitos regionais, sem ganhar o reconhecimento que merecia. Mas o tempo tem um jeito peculiar de resgatar certas histórias.

Os anos se passaram e *O Parque Macabro* foi redescoberto nas décadas de 1980 e 1990, impulsionado pelo crescimento do cinema cult e por cineastas que reconheciam nele algo único. O que antes fora ignorado, agora era celebrado como uma obra-prima do horror psicológico. Diretores como car o filme como uma de suas grandes influências. Hoje, sua estética onírica e seu tom fantasmagórico continuam ecoando no cinema e na literatura, provando que nem todas as histórias precisam de uma explicação ou um final fechado para serem inesquecíveis.

O Parque Macabro nasceu da visão do diretor Herk Harvey, um cineasta cuja experiência até então se limitava à produção de filmes educacionais e institucionais. Quando estava de passagem por Salt Lake City, Utah, Harvey se deparou com o Saltair Pavilion, um antigo parque de diversões abandonado à beira do Grande Lago Salgado. A imagem do local em ruínas, assombrado pela própria decadência, acendeu a centelha da história que viria a se tornar *O Parque Macabro*.

Sem acesso a grandes recursos, Harvey reuniu uma equipe reduzida e filmou o longa em locações reais no Kansas e em Utah, aproveitando ao máximo a atmosfera desses cenários. Os atores eram desconhecidos, e o orçamento era tão restrito que o diretor precisou assumir múltiplas funções, incluindo a produção e a escolha de figurino. Candace Hilligoss, a atriz principal, estudou atuação no conceituado Actors Studio mas nunca havia trabalhado em um filme antes.

Apesar das dificuldades, o resultado foi um dos filmes mais atmosféricos já feitos. A trilha sonora, composta exclusivamente por órgãos de igreja, não apenas reforça o clima fúnebre da narrativa, mas também se tornou uma assinatura do filme — tão marcante quanto suas imagens. Harvey e seu roteirista, John Clifford, criaram um mundo onde a realidade se dissolve aos poucos, deixando o espectador em um estado de permanente inquietação.

A trama de *O Parque Macabro* é tão simples quanto perturbadora. Mary Henry, a única sobrevivente de um acidente de carro, tenta seguir em frente com sua vida, aceitando um emprego como organista em uma igreja em outra cidade. Mas algo está errado. Ela se sente cada vez mais desconectada do mundo ao seu redor. As pessoas olham para ela como se não pudessem vê-la de verdade, e um homem pálido e cadavérico começa a segui-la. Ela desenvolve uma obsessão, que aumenta progressivamente, por um parque de diversões abandonado, como se o lugar a estivesse chamando para algo que ela ainda não compreende.

Ao longo do filme (e da novelização), Mary se torna uma figura fantasmagórica dentro de sua própria existência. Ela tenta manter uma rotina, mas as barreiras entre o real e o sobrenatural vão se dissolvendo, e seu isolamento se torna absoluto. O horror de *O Parque Macabro* não está nos sustos tradicionais ou na violência explícita, mas na sensação avassaladora de que algo está terrivelmente errado — e que talvez seja tarde demais para escapar.

O simbolismo no filme é profundo e aberto a múltiplas interpretações. A história pode ser vista como uma alegoria sobre a morte e a aceitação do próprio destino. Mary está morta desde o começo? Ou estaria vivendo em um estado de limbo, negando a verdade até que não houvesse mais como fugir?

Muitos acadêmicos se debruçaram sobre a obra-prima de Herk Harvey, lendo nas entrelinhas em busca de mensagens ocultas e significados latentes. Cada objeto, fala e cena desse clássico cult foi analisado à exaustão em artigos científicos e fóruns online. Desde a escolha de Salt Lake City, a capital espiritual dos mórmons, como locação até as notas musicais que compõem a trilha sonora. Mas existe um tópico que parece tão inesgotável quanto a influência duradoura do filme: a sua protagonista.

O Parque Macabro surge em um contexto de agitação sociocultural. Nos anos 1960, a contracultura estava ganhando espaço, o rock britânico invadia os Estados Unidos, Martin Luther King Jr. encabeçava grandes marchas a favor dos direitos civis e a segunda onda feminista se espalhava pelo mundo. Era inevitável que essa agitação invadisse não só o filme, como também Mary Henry.

Por meio da atuação nuançada de Candice Hilligoss, é possível ver a inquietação que toma conta de Mary. A novelização vai ainda mais fundo nos aspectos da personalidade da protagonista que continuam gerando fascínio ao longo dos anos, e nos embates que a definem como alguém confiante, cheia de convicções e que está constantemente defendendo suas escolhas e crenças — ou seu direito de não as ter — mesmo diante de figuras altivas

Essas figuras oprimem Mary: as amigas que querem que ela saia mais, o chefe que julga seu comportamento, o vizinho que a importuna, o pastor que a censura, o médico que questiona sua sanidade. Nenhum deles vê Mary com bons olhos, afinal ela não se encaixa. E logo um espectro surge para ficar de olho em cada movimento seu.

Enquanto Mary busca saciar sua curiosidade e abraça a "loucura" que o parque abandonado representa, as pessoas ao redor dela minam sua energia. Até que a Mary questionadora e segura começa a desaparecer. Ela vira um espectro, como o que a persegue. Mesmo que grite e esperneie, ninguém a ouve e ninguém a vê. As muitas convicções de Mary, que representam quem ela é, são silenciadas.

Todos os olhares fantasmagóricos estão voltados para Mary, que, como uma Eurídice moderna, deve voltar para onde nunca deveria ter saído. Para muitas pessoas que esmiuçaram o filme ao longo dos anos, Mary Henry é intrínseca à sua época ao mesmo tempo em que é uma figura atemporal. Uma mulher cuja individualidade é tolhida, que é taxada de histérica ou frígida ao não se encaixar nas expectativas alheias e que, no fim, tem que fazer a escolha de Sofia; mas talvez essa escolha seja melhor do que continuar vivendo sem ser ouvida, sem ser vista, sem existir de fato.

A trajetória de Mary também ressoa como uma metáfora do isolamento social e emocional — a dificuldade de se conectar, de ser ouvida, de encontrar um lugar no mundo. Mesmo quando tenta se integrar à vida cotidiana, Mary parece estar sempre um passo atrás, como se já não pertencesse mais àquele espaço.

A presença do parque abandonado como símbolo de decadência e transição entre os mundos adiciona um elemento gótico à narrativa, transformando-o em um portal para o inevitável. O horror de *O Parque Macabro* está menos em seus fantasmas e mais na certeza de que há algo que não podemos evitar.

Este algo que não podemos evitar perseguiu não apenas Mary, mas também o autor da novelização de *O Parque Macabro*, Andy Rausch. O escritor esteve perto da morte algumas vezes. Aos 15 anos, ele se envolveu em um grave acidente de trânsito. Até hoje Andy não sabe como sobreviveu. Ele e a moto que dirigia foram parar embaixo do carro que os atingiu. Ao retirarem o veículo, Andy lembra que a seta ainda estava ligada.

Em 2018, o escritor passou por um transplante de coração. Foi em 11 de abril que recebeu a ligação, mesma data em que Quentin Tarantino concordou em ser entrevistado por ele — o que resultou no livro *My Best Friend's Birthday: The Making of a Quentin Tarantino Film*.

O autor sempre teve uma certa obsessão com a morte, e essas duas experiências fizeram com Andy sentisse que ela estava sempre à espreita, apenas o esperando. E talvez esse seja o motivo — junto de seu amor por filmes de terror clássicos e obscuros — por que ele se conectou a *O Parque Macabro* da forma necessária para originar uma novelização que abraça e complementa o filme original.

Quando foi lançado, *O Parque Macabro* passou quase despercebido, exibido apenas em circuitos limitados e sem uma campanha de marketing para alçá-lo a um público maior. No entanto, sua redescoberta nas décadas seguintes mostrou que a essência do filme nunca esteve presa à sua época. Seu relançamento em VHS e, mais tarde, as edições restauradas em DVD e blu-ray garantiram que novas gerações pudessem conhecer a atmosfera hipnótica e a narrativa perturbadora desse clássico.

Cineastas renomados passaram a reconhecer *O Parque Macabro* como uma influência fundamental em suas obras. David Lynch, em especial, incorporou muito de sua estética e atmosfera surreal em filmes como *Eraserhead* (1977) e *Cidade dos Sonhos* (2001). George A. Romero, por sua vez, absorveu a influência dos mortos espectrais do filme para criar seu próprio marco do horror, *A Noite dos Mortos-Vivos* (1968). O impacto visual e narrativo de *O Parque Macabro* pode ser visto ainda em diretores como Guillermo del Toro, que frequentemente trabalha com a linha tênue entre o real e o sobrenatural, e até mesmo em cineastas contemporâneos do horror psicológico, como Ari Aster (*Hereditário*).

O que faz com que *O Parque Macabro* mantenha tamanho impacto, mesmo tantos anos depois do lançamento? Talvez seja sua atemporalidade. A forma que o filme aborda o medo e a morte não depende de efeitos especiais ou artifícios do gênero. Seu terror está na atmosfera, na sensação de deslocamento, na angústia de perceber que algo está profundamente errado, mesmo que não possamos nomeá-lo.

Assim como Mary Henry, *O Parque Macabro* parece ter andado por muito tempo entre dois mundos — ignorado em seu tempo, mas assombrando gerações futuras. Hoje, ele é reconhecido como um dos pilares do horror psicológico e um dos filmes independentes mais influentes da história do cinema.

Um filme de espectros, destinado a nunca desaparecer.

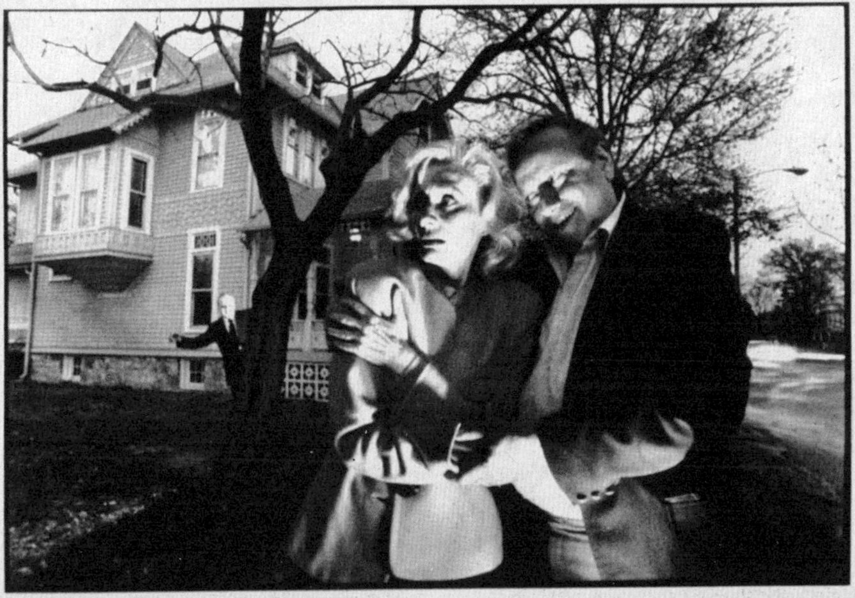

ANDY RAUSCH é crítico de cinema, ator, editor e escritor. Nascido no Kansas, suas obras se dividem entre ficção e não ficção e somam cerca de cinquenta títulos. Andy é um entusiasta do terror e escreveu sobre a obra de Stephen King, Ed Wood e Quentin Tarantino. Seus livros de ficção, que já foram traduzidos para diversos idiomas, incluem *Sonhos Febris e Rabiscos Bêbados*, *O Jogo Suicida* e *Layla's Score*. Ele também escreveu o roteiro do filme *Dahmer vs. Gacy* (2010).

JOHN CLIFFORD foi um roteirista norte-americano. Além de seu trabalho no cinema, ele serviu na Segunda Guerra Mundial e lecionou jornalismo na Lawrence High School. John escreveu mais de 150 roteiros enquanto trabalhava na Centron Corporation, uma produtora de filmes educacionais. Porém, ele sempre será lembrado por seu primeiro roteiro a virar filme, *O Parque Macabro* (1961), sobre o qual comentou: "É fascinante que um filme feito de forma independente tenha sido redescoberto 27 anos depois". Ele faleceu aos 91 anos em Lawrence, onde grande parte de *O Parque Macabro* foi gravado.

VITOR WILLEMANN (1993) é designer e ilustrador. Nascido em Florianópolis (SC), passou a infância em um bairro pequeno afastado da capital e também no sítio do avô. Estudava anatomia dos animais rabiscando os detalhes em um bloco de notas, e colecionando crânios que encontrava em suas aventuras pelo campo. Inspirado pelos horrores do cinema, Vitor criou as ilustrações macabras presentes na coleção DarkRewind. Siga o artista em instagram.com/willemannart

HORROR

Dark Rewind

FEAR IS NATURAL ©MACABRA.TV DARKSIDEBOOKS.COM